KB113861

임영기 新무협 판타지 소설

FANTASTIC ORIENTAL HEROES

와룡봉추 1

임영기 新무협 판타지 소설

초판 1쇄 찍은 날 § 2019년 1월 16일
초판 1쇄 펴낸 날 § 2019년 1월 23일

지은이 § 임영기
펴낸이 § 서경석

총괄팀장 § 최하나
편집책임 § 김경민

펴낸곳 § 도서출판 청어람
등록번호 § 제387-1999-000006호
등록일자 § 1999. 5. 31
어람번호 § 제2-2766호

주소 § 경기도 부천시 부일로 483번길 40 서경B/D 3F (우) 14640
전화 § 032-656-4452 팩스 § 032-656-4453
http://www.chungeoram.com
E-mail § chungeorambook@daum.net

1

와룡봉추

임영기 新무협 판타지 소설
FANTASTIC ORIENTAL HEROES

目次

序

예로부터 쌍념절통(雙念絶通)이라는 것이 있었다.

두 사람의 간절한 원(願)이 서로에게 이어지고 그들이 우연하게도 한날한시에 원하지 않는 죽음을 맞이하게 되면 극적으로 통한다는 뜻이다.

말하자면 내가 원하는 게 너한테 있고, 네가 원하는 게 나한테 있는데 하필 둘이 억울한 일로 같은 시간에 죽으면 념(念)이 상통한다는 얘기인데 그다음에는 어떻게 전개되는지에 대해서는 알려진 바가 없다.

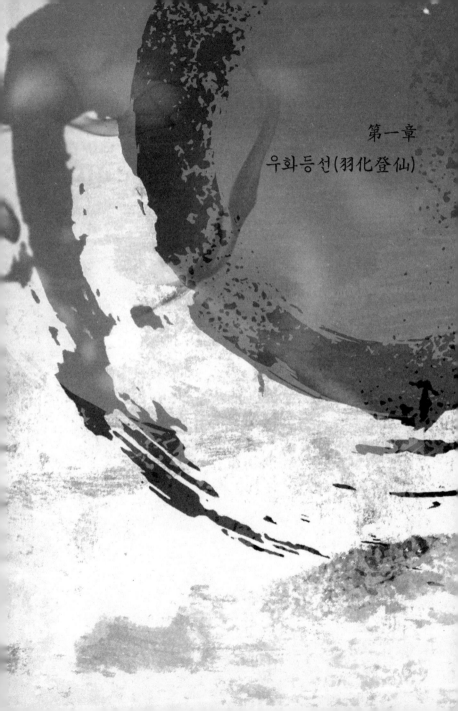

第一章
우화등선(羽化登仙)

개똥밭에 굴러도 이승이 낫다는데 여기 더 이상 이승이 싫다는 인물이 있다.

아니, 싫다기보다는 사는 것에 당최 흥미가 없는 인물이다.

이유는 단 하나, 이승에서 하고자 하는 일들을 전부 이루었기 때문에 더 이상 할 일이 없고, 그래서 이승에 흥미가 없어졌다는 것이다.

세상천지에 원하는 것들을 모두 다 이루었다고 자신하는 사람이 과연 몇 명이나 될까?

그런데 여기 이 인물이 그렇다.

그가 원했던 것들은 하나에서 열, 아니, 백만(百萬)까지 깡그리 다 이루었다.

십절무황(十絶武皇)은 연공실 석대 위에 천장을 향해 반듯한 자세로 누워 있었다.

세상에는 별호만 거창한 인물이 있는가 하면 그와는 반대로 아무리 거창한 별호를 갖다 붙여도 실력이나 명성의 만분의 일조차 표현하지 못하는 인물이 있다.

전자는 바닷가의 모래알처럼 많은 반면에 후자는 몇백 년에 한 명 날까 말까 할 정도로 드물다.

여기 석대 위에 누워 있는 십절무황이 바로 후자에 속하는 거물 중에서도 거물이었다.

별호에서 알 수 있듯이 그는 열 가지 무공으로 천하제일이라는 칭호를 얻었다.

그 열 가지 무공의 무림일인자들을 한 명씩 차례대로 굴복시켜서 모두 수하로 삼는 데 걸린 세월이 이십 년이었다.

그 후로는 할 일이 별로 없었다.

십절무황이 되고 나니까 모든 일이 다 순조롭게 술술 풀렸으며 그가 마음만 먹으면 수하들이 알아서 다 처리했다.

그리고 그는 그로부터 십 년 후에 천하제일성이라고 불리는 무황성(武皇城)의 성주가 되었다.

그때부터 사람들은 그를 천하제일인이라고 불렀으며 혹자는 영세제일인이라고도 칭송했다.

또 그렇게 삼십 년 세월이 흘러갔다.

'이제 시작하자.'

백발에 백염, 그리고 눈처럼 희디흰 백삼을 입은 십절무황은 일어나서 가부좌의 자세를 잡았다.

세상에 완전히 흥미를 잃어버린 그는 고심 끝에 한 가지 결정을 내렸다.

우화등선(羽化登仙)을 해보자는 것이다.

무학의 최고 경지인 조화경(造化境)을 넘어 인간의 육신을 지닌 채 하늘에 승천하는 것을 우화등선이라고 한다.

뭐 재미있는 일이 없을까 별별 고심을 다하다가 장장 반년 만에 얻은 결론이 바로 우화등선을 하자는 것이었다.

그것은 그가 인간 세상에서 마지막으로 할 수 있는 도전이다. 아무리 곰곰이 생각해 봐도 그것 빼놓고는 할 일이 없다.

두 달 전에 그런 결론에 도달한 그는 십여 년 만에 처음으로 삶에 활력을 느꼈으며 잃었던 밥맛이 돌아왔다.

그는 자신이 우화등선에 성공할 수 있는 가능성이 절반 이상이라고 판단했다.

조화경을 이룬 지가 이미 십여 년 전의 일이다. 엄밀히 따지고 보면 조화경을 이룰 때까지는 그래도 할 일이 있어서 사는 게 조금 재미있었는데 그걸 이루고 나니까 맥이 빠져 버렸다.

그리고 이제 우화등선이라는 새로운 목표를 정하자 절로 콧노래가 나올 정도로 신바람이 났다.

'그래도 우화등선을 하는 것이니까 가부좌를 해야 모양새가 빠지지 않겠지.'

조화경을 이룬 지 십 년이나 지난 현재의 그는 거의 초범입성(超凡入聖)의 경지에 올랐으므로 구태여 운공조식 같은 것을 할 필요가 없다.

운공조식을 마지막으로 한 것이 이십 년도 넘었다. 운공조식이라는 것이 필요 없는 경지에 올랐기 때문이다.

그래도 우화등선을 하는 사람의 자세랄까, 혹여 우화등선을 이룬 후의 모습을 누군가 보게 되더라도 십절무황다운 점잖은 모습을 보이고 싶어서 가부좌를 했다.

우화등선을 해야겠다고 결심을 한 이후부터 두 달 동안 열심히 공부한 바에 의하면, 조화경을 이룬 사람만이 우화등선에 도전할 수가 있으며, 첫 단계가 몰아(沒我)에 들어야 한다고 고서에 적혀 있었다.

몰아에 이어서 다음으로 무아(無我)에 들면 마침내 삼라만상을 초극하여 우주만변과 일체가 되는데 그것이 우화등선이라고 했다.

"후우……."

십절무황은 몰아에 들기 위해서 길게 심호흡을 했다.

'우화등선을 하면 부디 재미있는 일이 일어나야 할 텐데……'

그렇게 한 시진이 지났을 때 십절무황은 가볍게 눈살을 찌푸리면서 눈을 떴다.

'이런… 설마 그녀가 걸림돌이라니……'

몰아는 자기 자신을 잊는 것인데 그것을 시행하여 한 시진이나 지났는데도 한 여자의 얼굴이 몰아의 입구에 아른거리면서 그를 방해했다.

그것도 지금으로부터 육십여 년이나 지난 어느 날인가 우연히 먼발치에서 보았던 그녀의 아슴아슴한 용태이다.

십절무황은 '후우……' 하고 다시 한숨을 내쉬었다.

그녀를 처음 본 순간부터 사랑에 빠졌다.

그러나 단지 그것뿐이었다. 그녀와 십절무황은 가는 길 자체가 달랐었다.

그 당시의 십절무황은 복수심에 눈이 먼 상태였고 그녀는 그의 손이 닿지 않는 높은 곳에 있었다.

그런데도 그가 만약 젊은 시절에 그녀를 선택했다면 그는 오늘날의 찬란한 명성을 얻지 못했을지도 모른다.

이루고 보니까 별것 아닌 명성이었지만…….

그리고 그가 그녀를 선택했다고 해서 그녀가 기다렸다는 듯이 냉큼 그의 사랑을 받아줄 거라는 보장도 없었다.

솔직하게 말하면 십절무황의 짝사랑이었다.

그녀한테 딱 한 번 말을 걸어본 적이 있기는 했었다.

사랑의 고백하고는 거리가 먼 내용의 말이었지만…….

"아니오."

서른 살 때 그녀에게 했던 말이었다.

하고많은 멋있는 말 중에서 왜 하필이면 그따위 멋대가리 없는 말을 했었는지 지난 육십여 년 동안 가슴을 두드리며 후회한 적이 수만 번은 될 것이다.

지금 돌이켜 생각해 보면 천하제일인이 되는 것보다는 그녀의 사랑을 얻는 쪽이 더 행복했을 것 같았다.

그녀는 천하보다도 더 거대하고 진실한 그 무엇이었다.

다시 선택할 수 있는 기회가 주어진다면 십절무황은 망설이지 않고 천하 대신 그녀를 선택할 텐데…….

'스무 살로 돌아갈 수만 있다면…….'

더 억울한 것이 있다.

십절무황 그의 나이 올해 팔십사 세인데 어이없게도 아직 동정(童貞)이다. 이 나이 될 때까지 여태껏 여자하고 한 번도 그걸 해보지 못했다.

그런 사실은 그 혼자만 알고 있다. 팔십사 세에 동정이라니, 누구한테 말하기도 부끄러운 일이다.

그는 몰아의 입구에서 다시 한번 내심 중얼거렸다.

"아아… 스무 살로 돌아갈 수만 있다면……'

십절무황은 그로부터 세 시진이나 더 진땀을 뻘뻘 흘리면서 몰아의 입구에 있는 짝사랑의 그녀를 지우려고 애를 쓰다가 어느 한순간 정신을 놓아버렸다.

몰아에 든 것이다.

*　　　*　　　*

"으음… 웅……."

화운룡(華雲龍)은 괴로운 듯 마구 몸부림쳤다.

그렇지만 그저 미미하게 꿈틀거릴 뿐이다.

지금 화운룡은 손발은 물론 온몸이 밧줄에 꽁꽁 묶이고 눈이 가려졌으며, 입에는 재갈이 물린 상태라서 눈으로 볼 수도 말을 할 수도 없는 상태다.

덜거덕… 덜걱…….

쓰러져 있는 그를 실은 마차가 심하게 덜걱거리면서 경사가 심하지 않은 오르막을 오르고 있는 중이다.

화운룡은 사흘 전에 괴한들에게 납치됐다.

괴한들의 목적은 그를 인질로 삼아 부친에게 돈을 뜯어내자는 것이었다.

평소에 부친은 화운룡을 아무짝에도 쓸모없는 못난 아들이라고 구박이 심했지만 사대독자 외동아들이 죽도록 내버려두지는 않았다.

괴한들은 화운룡의 부친에게 요구했던 은자 천 냥을 고스란히 받아냈다.

그런데도 괴한들은 화운룡을 집으로 돌려보내지 않고 이처럼 한밤중에 그를 꽁꽁 묶어서 어디론가 끌고 가는 중이다.

화운룡은 마차가 지금 어디쯤 가고 있는지 짐작하고 있었다.

자신이 살고 있는 태주 땅을 손금 보듯이 훤하게 알고 있기 때문에 자신이 사흘 동안 어디에 갇혀 있었으며 사흘 만에 마차에 실려서 어느 길로 가고 있는지 눈으로 보는 것처럼 훤하게 짐작하고 있는 것이다.

'이놈들 설마……'

문득 화운룡은 겁이 더럭 났다. 태주현 내에서 이렇게 길고 완만한 경사는 딱 한 군데뿐이다.

'율하(溧河)……'

몇 개의 하천이 태주현 내를 가로질러 남쪽의 장강으로 흘러드는데, 그중에서 가장 큰 강이 율하다.

화운룡의 짐작이 틀림없다면 마차는 지금 율하에 놓인 여러 개의 다리들 중에 중간에 위치한 황안교로 올라가고 있는 중일 것이다. 그곳의 경사가 완만하면서도 가장 길다.

아니, 그의 짐작이 틀릴 리가 없다. 태주현에서 둘째가라면 서러울 정도의 사고뭉치인 그는 허구한 날 태주현이 좁다 하고 밖으로 싸돌아다녔다.

거짓말 조금 보태면 어느 길목에 돌멩이가 몇 개 나뒹굴어 있는 것까지도 꿰고 있을 정도다.

'으으… 이 새끼들이……'

화운룡은 괴한들, 즉 납치범들이 자신을 어떻게 할 것인지를 짐작하고는 미쳐 버릴 것처럼 혼비백산하고 다급해졌다.

납치범들은 황안교 위에서 화운룡을 율하 강물로 던져 버릴 작정인 것이다.

"우우… 우움……"

화운룡은 지금까지보다 더욱 거세게 몸부림쳤다.

이대로 죽을 수는 없다. 그의 나이 이제 겨우 스무 살. 앞길이 구만 리 창창한데 엄동설한에 차디찬 강물에 빠져서 객사라니, 이건 말도 안 된다.

이대로 죽는 것은 정말이지 너무 억울하다. 그는 해야 할 일이 참으로 많은 사람이다.

태주현 제일의 명기인 백화루(百花樓)의 송연을 따먹어야 하고, 태주현감 고명딸이 그렇게 아름답다고 소문이 파다하던데 그 계집도 따먹어야 하고, 무엇보다도 화운룡을 발가락에 낀 때만큼도 여기지 않는 정혼녀 숙빈(淑嬪)을 진작 따먹었어야 했는데 아아… 정말 억울하다.

무엇보다도 아까운 게 있다. 화운룡의 집안은 태주현 삼대 부호에 꼽힐 정도인데 그 많은 돈을 만분의 일도 써보지 못하고 죽는다는 사실이다.

딱!

"가만히 있어라."

그때 누군가 화운룡의 머리를 단단한 막대기 같은 것으로 냅다 갈겼다.

"우우……."

화운룡은 맞은 머리가 쪼개지는 것처럼 아파서 신음 소리를 내며 눈물을 흘렸다.

강물에 빠져 죽는 게 얼마나 고통스러울지 당해보지 않아서 잘 모르겠지만 막대기로 머리를 호되게 맞는 것이 훨씬 더 고통스러운 것 같았다.

머리를 한 대 맞은 화운룡은 거짓말처럼 잠잠해졌다. 그가 천하제일 겁쟁이라는 사실은 태주현에 살고 있는 사람이라면 세 살 먹은 코흘리개조차 다 알고 있다.

덜거덕……

긴 언덕 위로 올라선 마차가 속도를 줄이고 천천히 굴러가다가 이윽고 멈췄다.

화운룡은 이 정도 위치면 황안교 다리 한가운데일 것이라는 사실과 그 아래 흐르고 있는 율하는 수심이 칠팔 장에 이를 정도로 깊다는 사실을 동시에 짐작해 냈다.

하지만 그는 몸부림치지 않았고 신음 소리도 내지 않았다. 조금 전처럼 막대기로 머리를 맞을까 봐 무서웠다.

잠시 후면 저승의 문을 두드리게 될 텐데 머리를 맞는 게 무서워서 신음 소리도 내지 못하다니, 이 정도면 겁쟁이가 아니라 병신도 상병신이다.

"주팔(周八)아, 그 새끼한테 쇳덩이 매달아라."

"알았어."

그때 마차 마부석에서 누군가 지시하자 화운룡 옆에 앉아 있던 자가 대답하고는 능숙한 솜씨로 엽전처럼 가운데 구멍이 뻥 뚫린 커다랗고 넓적한 쇳덩이를 화운룡의 허리께에 단단하게 매달았다.

납치범은 모두 세 놈인데 셋 다 화운룡이 평소에 잘 알고 있는 놈들이다.

언제나 주머니에 은자가 두둑한 화운룡을 꼬드겨 주로 태주현의 유명한 기루로 이리저리 끌고 다니면서 단물을 쪽쪽 빨아먹고는 돈이 떨어지면 가차 없이 내팽개치던 태주현의 건달들이다.

그런 놈들이 떼돈 한번 벌어보자고 화운룡을 납치해서 몸값으로 은자를 천 냥씩이나 받아내고는 이제 그를 강물에 던져서 죽이려 하고 있었다.

말하자면 살인멸구(殺人滅口). 죽여서 입을 봉하자는 것이다.

*   *   *

덜컥!

누가 밖에서 마차 문을 열자 한겨울의 매서운 한기가 확 밀려들어 왔다.

"그쪽 들어."

주팔에게 화운룡의 다리 쪽을 들라고 시킨 놈은 양덕(楊惠)이라는 놈이고 역시 건달이다.

양덕과 주팔이 화운룡의 머리와 다리를 잡고 마차 밖으로 들어냈다.

"쇳덩이 잘 매달았어? 시체가 떠오르면 골치 아프다!"

마부석에 앉아 있는 곤삼(崑杉)의 말에 주팔이 대꾸했다.

"그럴 일은 없을 테니까 걱정 붙들어 매라."

곤삼이 키득거렸다.

"큭큭큭… 잡룡(雜龍) 저 새끼 그래도 우리한테 물주었는데 조금 미안하군그래."

태주현에서 껄떡거리는 자들은 화운룡을 운룡이라는 근사한 이름 대신에 '잡룡'이라고 부른다. 하는 짓들이 딱 잡것이기 때문이다.

한겨울 새벽녘의 칼바람이 옷 속으로 스며들자 화운룡은 정신이 번쩍 들었다.

"우우우… 우움……."

화운룡은 다시 몸부림치기 시작했다.

짜악!

"이 새끼야! 아가리 안 닥쳐?"

머리 쪽을 잡은 양덕이 뺨을 후려갈기자 화운룡은 몸부림과 신음 소리를 뚝 그쳤다.

어떤 환자는 골골 삼십 년을 버티다가 죽는다던데 화운룡에겐 죽음의 순간이 너무도 빨리 찾아왔다.

"하나… 둘… 셋!"

양덕의 외침과 함께 화운룡의 몸이 위로 들어 올려졌다가 갑자기 아래로 쑥 꺼졌다.

쩌겅!

화운룡은 수면에 살짝 언 살얼음을 깨고 강물로 떨어졌다.

조금 전까지만 해도 그는 자신이 죽을 것이라는 생각을 하지 못했다.

웃기는 얘기지만 상황이 최악으로 흘러가고 있는데도 '설마 내가 죽기야 하겠어?'라는 방만한 여유가 있었다.

그런데 그의 몸이 살얼음을 깨고 차가운 강물 속으로 깊이 침잠하고 있는 이 순간 그제야 비로소 죽음이 코앞에 이르렀다는 사실을 실감했다.

부그르르……

율하는 수심이 깊고 물살이 세기로 유명하다. 그는 가라앉으면서 빠른 속도로 하류를 향해 떠내려갔다.

또한 율하의 '율(溧)'은 차갑다는 뜻이다. 화운룡은 차가움이 뼛속까지 파고들어 마치 수백 자루의 칼로 온몸의 살과 뼈를 마구 도려내는 느낌이 들었다.

그러나 그보다 더 중대한 문제가 곧 찾아들었다. 숨을 쉬지 못한다는 사실이다.

입에 재갈이 물린 상태인 그가 본능적으로 코를 벌름거리면서 숨을 쉬자 콧구멍 안으로 차가운 강물이 기다렸다는 듯이 쏟아져 들어갔다.

얼음처럼 차가운 물이 기도를 통해서 폐로 흘러들어 가자 가슴이 쪼개질 것 같으면서 정신이 아득해졌다.

그러나 기침을 할 수도 숨을 쉴 수도 없다. 이제는 물이 차다는 사실은 문제도 되지 않았다.

'흐으으… 내가 이렇게 죽는구나……'

깊이 팔 장의 강바닥에 가라앉기도 전에 화운룡은 정신이 몽롱해졌다.

그 순간 그는 자신에게 무공이 없다는 사실을 태어나서 처음으로 후회했다.

그의 가문은 그래도 명색이 무가(武家)다. 더 엄밀하게 말하면 검법을 연마하는 검가(劍家)다.

결론만 말하자면 화운룡은 무공의 '무' 자도 모른다.

가문의 무공을 배우라고 아버지가 그토록 당근과 채찍을 병행하면서 회유했지만 그는 귓등으로 들으면서 자기 하고 싶은 일만 쫓아다녔다.

지금 돌이켜 생각하면 후회막급이다. 그에게 무공이 있었다면 이까짓 밧줄쯤이야 단숨에 끊어버리고 죽음의 위기에서 벗어날 수 있을 것이다.

아니, 무공이 있다면 애초에 저따위 형편없는 건달들에게 납치당하는 일 따위는 일어나지도 않았을 것이다.

퉁…….

그의 몸이 강바닥에 닿았다. 율하 강바닥이 울퉁불퉁한 바위투성이라는 사실은 지금 처음 알았다.

워낙 물살이 센 탓에 그는 강바닥에 가라앉아서도 데굴데굴 구르면서 흘러갔다.

그리고 마지막 한 올 남은 그의 정신이 아득하게 흐려졌다.

'젠장… 무공만 있었으면……'

그가 가문의 무공을 배우지 않은 이유가 있다. 아주 어린 시절에 가문의 무공이 형편없는 삼류라는 사실을 알아버렸기 때문이다.

그토록 존경하던 아버지가 명성도 없는 이류검수에게 불과 십 초 만에 처참하게 패하는 광경을 그는 죽을 때까지도 잊지 못할 것이다.

그 시절에 그는 맹세했다.

천하제일의 무공이 아니라면 배우지 않겠다고 말이다.

*　　　　　*　　　　　*

몰아에 이어서 무아지경에 깊이 침잠했던 십절무황은 어느 순간 깨어나는 것과 동시에 정신이 조금씩 맑고 상쾌해지는 것을 느꼈다.

'오오… 우화등선인가?'

지금 그의 정신과 온몸으로 전해지는 상쾌함은 지난 팔십사 년 동안 단 한 번도 느껴본 적이 없는 신선함이다.

그런데 한편으로는 조금 답답함이 느껴졌다. 도대체 이 답답함은 무엇인가? 상쾌하면서도 답답하다니, 우화등선의 경지는 이런 것인가? 과연 참으로 오묘하다.

상쾌함과 답답함 둘 다 십절무황으로서는 생전 처음 경험해 보는 일이다.

그리고 빠른 속도로 상쾌함과 답답함이 점점 더 심해지더니 어느 순간 정점에 도달했다.

'우욱……'

그리고 십절무황은 마침내 깨달았다

'으으… 숨을 쉴 수가 없다……'

숨을 쉬지 못해서 답답했던 것이다. 더구나 상쾌함은 무공을 배우기 전 아득한 옛적에 느껴보았던 차가움, 아니, 살과 뼈를 쪼개는 듯한 어마어마한 한기였다.

'이게 어떻게 된 것인가?'

어떻게 된 것인지는 모르지만 지금 이 상황이 우화등선이 아닌 것만은 분명하다.

인간의 육신을 지닌 상태에서 하늘로 승천한 기분이 이처럼 더러울 리가 없다.

그리고 십절무황은 촌각도 되지 않아서 현재 자신이 처한 상황을 완벽하게 인지했다.

어이없게도 그는 손발과 온몸이 무언가에 꽁꽁 묶이고 입에 재갈이 물렸으며, 눈이 가려진 상태로 강물에 빠져서 흘러가고 있는 중이다.

강이 분명하다. 호수라면 이렇게 빠른 속도로 흘러가지 않을 것이다.

게다가 하나 더 있다. 그가 강바닥에 가라앉았다는 것과 강바닥을 구르면서 떠내려가느라 울퉁불퉁한 바위에 온몸이 마구 부딪쳐서 매우 아프다는 사실이다.

보통 사람이 이런 상황에 처하면 자신이 처한 상황이 어떤 것인지 파악하는 데에만 몇 시진이 걸리겠지만 그는 결코 보통 사람이 아니었다.

'이게 무슨 가당치 않은……'

십절무황은 슬쩍 힘을 줘서 자신의 몸을 묶고 있는 그 무엇인가를 끊으려고 시도했다.

'……'

그러나 꼼짝도 하지 않았다.

'만년한승(萬年寒繩)인가? 아무리 그렇더라도……'

세상에서 가장 강하고 질기다는 설산의 만년한승 같은 것은 한창 때인 삼십 세 남짓에 한 번 끊어본 적이 있었다. 그러므로 만년한승 따위가 그를 얽매지는 못한다.

그는 이번에는 조금 더 힘을 줘서 무언지 모를 줄을 끊으려고 시도했지만 역시 결과는 마찬가지다.

줄은 여전히 끊어지지 않았고 그는 속절없이 강물에 떠내려가며 온몸이 바위에 짓찧어졌다.

그래서 그는 하나를 더 깨달았다. 어떻게 된 것인지는 모르지만 현재의 그는 무공을 사용하지 못했다. 그렇지만 지금처럼 급박한 상황에 도대체 왜 그런지 이유나 원인을 캐내려는 일은 부질없다.

무엇보다도 숨이 차서 죽을 지경이었다.

팔십사 년을 살았기에 죽음 같은 것은 추호도 두렵지 않지만 자신이 어떤 상황에 처한 것인지, 어쩌다가 이렇게 됐는지는 알아야겠다는 생각이 들었다.

'그렇지. 귀식대법(龜息大法)이라면······.'

귀식대법이란 특별한 구결에 따라서 스스로 호흡을 멈춰 가사 상태에 빠지는 것을 말한다.

또한 귀식대법은 공력 없이도 시전할 수 있으므로 지금 그가 할 수 있는 유일한 생존 수단이다.

만약 귀식대법이 되지 않는다면 그로서도 방법이 없었다.

이것이 꿈이며 꿈에서 깨어 무황성 연공실에서 깨어나게 된다면 두 번 다시 우화등선을 시도하지 않을 터이다.

'그냥 돌아가서 천수를 누리며 살자······.'

*　　　　*　　　　*

누군가의 말이 들린 것 같았다.

한 사람이 아니라 두 사람의 대화다.

처음에는 멀리 숲속에서 새들이 지저귀는 소리처럼 들리더니 오래지 않아 바로 옆에서 웅얼웅얼 들렸다.

"…라면서 어이하여 이 아이가 깨어나지 않는 것인가?"

앞부분은 불분명했으나 그 뒤의 말은 알아들었다. 걸걸한 중년 남자의 목소리인데 어디선가 들은 적이 있는 듯한 귀에 익은 목소리다.

십절무황은 중년 남자의 목소리만 듣고도 그가 무공을 지니고는 있으나 무공이라고도 내세우기 창피한 수준이라는 사실을 간파했다.

또한 음색이 다소 탁하고 청명함이 없는 것으로 봐서 지병을 앓고 있는 것이 분명하다.

"그게… 가사 상태에 든 것으로 미루어 공자께서는 귀식대법에 드신 것 같은데……."

"아, 글쎄, 이 아이는 귀식대법 같은 것을 시전할 줄 모른다고 몇 번이나 말해야 알아듣겠나?"

의원인 듯한 늙고 꾀죄죄한 목소리가 자신 없이 대답하자 중년 남자가 점잖게 꾸짖었다.

중년 남자의 목소리는 들을수록 귀에 익었지만 십절무황은 그가 누군지 기억이 나지 않았다.

상황으로 봐서 십절무황이 자신의 집인 무황성으로 돌아온 것 같지는 않은데 그렇다면 측근의 목소리는 아니다.

"그러시다면 정녕코 이상한 일입니다요. 귀식대법이라는 것은 절대로 남이 해줄 수 있는 것이 아니고 본인 스스로 시전해야지만……."

"그 정도는 나도 알고 있네."

십절무황은 두 사람의 대화를 더 들어보고는 지금 상황을 절반 정도만 이해할 수 있게 되었다.

중년 남자는 웬만큼 세도 있는 집안의 인물이며 지금은 깨어나지 못하고 있는 자신의 아들을 염려하고 있다.

그의 말을 정리해 보면 그의 아들이라는 사람은 십절무황을 가리키는 것 같았다.

말도 안 되고 열흘 삶은 호박에 이도 들어가지 않을 소리지만 그의 말을 정리하자면 그렇다는 것이다.

납치범이 어쩌고 하는 앞부분의 말은 무슨 뜻인지 모르겠지만, 아들이 밧줄에 묶이고 쇳덩이를 매단 상태에서 강물에 떠내려가다가 하류에 쳐놓은 그물에 걸려 어부에게 건져져서 집으로 돌아오게 되었다는 것.

그리고 아들이 스스로 귀식대법을 펼쳤기 때문에 강물 속에서도 익사하지 않고 가사 상태로 목숨을 건졌다는 것.

떠내려가면서 강바닥 바위에 긁혀서 온몸에 상처가 많이 생겼다는 것.

그런데 보름이 지나도록 아직 깨어나지 않는다는 것 등은 십절무황이 우화등선을 하여 깨어난 직후부터 당한 일과 똑같았다.

그렇지만 십절무황이 중년 남자의 아들이라니, 언어도단도 유분수지 절대로 있을 수 없는 일이다.

십절무황은 올해 팔십사 세로 머리카락과 수염이 온통 은빛의 백발과 백염이다.

절세의 무공을 익힌 터라서 나이보다 이십 세 정도 젊게 보인다는 말을 들어왔지만 누가 봐도 노인이 분명한 그에게 중년 남자의 아들이라니, 기가 막힐 일이다.

이런 것들이 우화등선을 하면 벌어지는 상황 중에 하나인지는 모르겠지만 마음에 들지 않았다.

인간의 몸을 지닌 채 하늘로 승천하는 것이 우화등선이라던데 이건 승천하는 것하고는 거리가 멀어도 너무 멀다.

중년 남자는 남경(南京)에서 훌륭한 의원을 모셔와야겠다는 말로 대화의 끝을 맺고는 조금 더 있다가 누군가의 부름을 받고 서둘러 밖으로 나갔다.

의원은 십절무황의 맥을 짚어보고 동공을 열거나 입을 벌려보는 등 쓸데없이 지체하다가 슬그머니 그곳을 나갔다.

그러고는 고요가 찾아왔다. 귀에서 '사아아……' 하는 침묵의 바람 소리가 들릴 정도로 조용했다.

*   *   *

주위에 아무도 없다고 판단한 십절무황은 머릿속으로 구결을 외워 귀식대법을 해제했다.

아까 중년 남자와 의원이 틀린 게 있다. 일류고수 정도 되면 스스로 귀식대법을 시전할 수도 있지만 타인에게도 시전할 수가 있다.

그러므로 타인의 귀식대법을 해제하는 것도 가능하다. 스스로에게 시전하는 귀식대법은 공력이 필요하지 않지만 타인에게 시전하려면 일 갑자의 공력이 필요하다.

'자, 이제 어떻게 된 일인지 알아보자.'

무황성 연공실에 있어야 할 그가 어째서 이런 상황에 처하게 됐는지 일어나서 알아보면 될 일이다.

사태가 아무리 꼬였더라도 십절무황이 풀지 못할 일이란 천하에 존재하지 않는다.

그가 막 한 차례 숨을 토해내려고 할 때 갑자기 그의 머리맡에서 '흑!' 하는 소리가 들렸다.

"……"

십절무황은 토하려던 숨을 급히 삼키고 가만히 있었다.

이곳에 중년 남자와 의원뿐인 줄 알았는데 다른 사람이 더 있었다.

지금의 십절무황은 무공을 잃었거나 사용하지 못하기 때문에 그걸 감지하지 못했다.

사륵…….

그때 아주 가까운 곳에서 옷깃이 스치는 미약한 소리가 나더니 하나의 부드럽고 따스한 손이 십절무황의 뺨에 닿았다.

바로 그때 십절무황의 코끝을 자극하는 그윽한 한줄기 향기가 피어났다.

'아…….'

향기를 맡는 순간 그의 기억은 느닷없이, 그리고 걷잡을 수 없이 아득한 먼 옛날로 거슬러 올라갔다.

이와 비슷한 향기를 지닌 사람, 아니, 여인이 있었다. 온화하고 부드러운 미소를 지녔으며 눈물이 아주 많은 여인이었다.

이것은 젊고 싱싱한 여자가 사내를 유혹하려거나 멋을 부리려고 뿌린 향수 같은 것이 아니라 몸에서 나는 살 내음이나 옷, 머리카락 등에서 나는 자연스럽고 은은한 체취라고 해야 맞는 말이다.

십절무황의 기억은 수십 년을 거슬러 올라서 마침내 육십여 년 전 어느 날에 멈추었다.

'어머니······.'

그렇다. 이 향기는 육십여 년 전에 그의 어머니에게서 은은하게 풍기던 체취와 너무도 흡사했다.

여북하면 십절무황이 향기를 맡는 순간 반사적으로 어머니를 떠올렸겠는가.

육십여 년, 정확하게 육십사 년이나 지났기에 이제는 까맣게 잊었으며 다시는 맡을 일이 없을 것이라고 생각했던 어머니의 체취를 맡을 수 있다니 이것은 행운이다. 상황이 어떻든 간에 최고의 행운이다.

이 체취는 이 세상의 어떤 향기보다도 그윽했다. 지금 이 체취를 맡았다는 것은 어쩌면 그가 우화등선에 성공했다는 뜻이기도 하다.

그가 인간 세상에 있었다면 어떻게 어머니의 체취를 다시 맡을 수 있겠는가. 우화등선을 했기에 가능한 일이다.

스윽······.

어머니의 체취를 풍기는 손이 십절무황의 뺨을 어루만졌다.

그러면서 체취의 주인이 흐느끼듯 작은 목소리로 중얼거렸다.

"용아··· 어찌하여 깨어나지 않는 것이니? 어미는 네 걱정 때문에 죽을 것만 같구나."

"……!"

십절무황은 너무 놀라서 움찔 몸을 떨었다.

방금 그것은 어머니의 자상한 목소리가 분명했다. 그가 어찌 어머니의 목소리를 잊겠는가.

그리고 십절무황의 이름 끝 자는 용 '룡(龍)' 자다.

놀란 십절무황이 움찔 몸을 떠는 바람에 여인이 놀라 그의 뺨에서 손을 뗐다.

"아아… 용아……."

십절무황은 격동을 억누를 수가 없었다. 어머니의 체취에 이어서 어머니의 목소리를 들었다.

이제 눈을 뜨면 어머니의 체취를 풍기고 어머니의 목소리를 내고 있는 것이 무엇인지 확인할 수가 있다.

설혹 이것이 꿈이라고 해도 이처럼 생생하다면, 이것은 우화등선을 한 것보다 천만 배는 좋은 일이다.

그는 내심 자신의 옆에 있는 여인이 어머니이기를 간절하게 기원했다.

"용아… 어째 이러느냐……?"

걱정으로 가득한 어머니의 목소리에는 울음이 배었다.

이윽고 십절무황은 아주 천천히 눈을 떴다.

오랫동안 눈을 감고 있었던 탓에 처음에는 아무것도 보이지 않고 짙은 안개가 낀 것처럼 시야가 부옇기만 했다.

"용아……!"

그가 눈을 뜨자 여인이 떨리는 목소리를 터뜨렸다.

안개가 점차 걷히면서 한 사람, 아니, 한 여인이 그를 굽어보고 있는 모습이 십절무황의 시야에 들어왔다.

점점 또렷해지는 모습. 틀어 올린 머리에 갸름한 얼굴 윤곽, 눈가와 입가에 자글자글한 잔주름, 걱정이 가득한, 흑백이 또렷하게 크고 서늘한 두 눈과 반쯤 벌어진 입술 사이로 보이는 박속처럼 하얀 치아.

어머니.

가끔 꾸는 꿈속에서조차 제대로 자태를 보여주지 않으셨던 어머니가 거기에 있었다.

"아아……."

십절무황의 입에서 한숨 같은 탄성이 흘러나왔다.

육십사 년 전에 봤던 것보다 더 또렷하게 시야에 들어온 것은 틀림없는 어머니의 모습이다.

지난 육십사 년 동안 단 하루도 잊은 적이 없었던, 너무도 그리웠던 사랑하는 어머니…….

"용아……! 깨어났구나……! 아아……."

어머니는 왈칵 눈물을 쏟으며 기뻐서 어쩔 줄을 몰랐다.

십절무황은 너무도 기쁘고 가슴이 벅차서 이것이 꿈이든 우화등선이든 제발 깨어나지 않기만을 간절히 빌었다.

"어머니……."

그의 입에서 그토록 부르고 싶었던 말이 흘러나왔다.

"그래, 용아… 네가 살아났구나……."

어머니는 자신이 헛것이 아니라는 사실을 확인이라도 시켜 주듯이 십절무황의 뺨에 자신의 뺨을 비비면서 기쁨의 눈물을 흘렸다.

어머니의 부드러운 뺨이 십절무황의 뺨에 비벼지고 그녀가 흘리는 따뜻한 눈물이 그의 뺨을 적셨다.

"용아… 용아… 나는 네가 영영 집에 돌아오지 못하는 줄 알았단다……."

십절무황은 이게 어떻게 된 일인지 지금 이 순간만큼은 따지고 싶지 않았다.

그저 어머니를 육십사 년 만에 다시 만났으며 그녀의 품에 안겼다는 사실을 만끽하고 싶을 뿐이다.

"어머니… 정말 어머니로군요……."

"그래. 용아, 어미다……. 너를 다시 보게 되다니 이게 정녕 꿈은 아니겠지?"

우당탕!

"용아가 깨어났다고?"

아까 십절무황이 깨어나서 처음 들었던 목소리의 주인인 중년 남자가 문을 부술 것처럼 열어젖히며 실내로 달려 들어왔다.

침상에 누워 있는 십절무황은 들어선 중년 남자를 보는 순간 숨이 멎을 것 같았다.

'아버지!'

아까 그의 목소리를 들었을 때 무척 귀에 익었다고 여겼는데 설마 아버지일 줄은 예상하지 못했다.

중년 남자, 즉 아버지는 눈을 껌뻑거리면서 자신을 쳐다보고 있는 십절무황에게 다가왔다.

"용아, 이 녀석……!"

아버지는 격동한 목소리로 그렇게 말했지만 십절무황을 쓰다듬거나 만지지 않았다.

다만 어머니 옆에 서서 십절무황을 굽어보며 안도하는 표정으로 고개를 끄떡거릴 뿐이다.

엄격하면서 감정을 드러내지 않는 성품의 아버지가 틀림없다. 어머니와 마찬가지로 육십사 년 전 모습 그대로다.

십절무황 머리맡에 앉은 어머니는 그의 손을 놓지 않고 쓰다듬으면서 계속 기쁨의 눈물을 흘리고 있었다.

그때 열려 있는 문 안으로 여러 명의 여자가 우르르 몰려 들어오며 울부짖듯이 외쳐댔다.

"아앗! 용아!"

"용아, 살아났구나!"

"으아앙! 오라버니!"

네 여자는 십절무황의 두 명의 누나와 두 명의 여동생이다.

그녀들을 보는 순간 십절무황은 자신에게 네 명의 누이가 있었다는 사실을 깨달았다.

그녀들은 한꺼번에 십절무황에게 달려들어 울음을 터뜨렸다.

십절무황은 온몸을 어머니와 네 명의 누이들에게 내맡긴 채 망연자실해졌다.

'이게 도대체…….'

네 명의 누이조차도 육십사 년 전 모습 그대로다.

십절무황의 머릿속은 기쁨과 당혹함으로 뒤범벅되었다.

한바탕 태풍이 휩쓸고 지나간 것 같은 난리법석이 끝난 후에 십절무황은 비로소 혼자 남게 되었다.

아니, 혼자가 아니라 그의 몸종 소랑(素琅)이 침대 옆에 놓인 의자에 다소곳이 앉아 그를 말끄러미 바라보면서 눈을 깜빡거렸다.

부모님과 네 명의 누이들은 십절무황이 잠이 든 것을 보고는 무척 아쉬워하면서 하나둘 방을 나갔다.

그러나 십절무황은 잠이 든 것이 아니라 부모님과 네 명의 누이들이 난리를 피우는 바람에 너무 힘들어서 잠시 눈을 감고 휴식을 취했던 것이다.

그사이에 부모님은 소랑에게 무슨 일이 일어나면 즉각 자신들과 의원을 부르라고 당부하고서야 방을 나갔다.

십절무황이 곰곰이 생각해 봤지만 이건 절대로 꿈이 아니다.

하나의 가능성이라면 이게 우화등선일지도 모른다는 것이다.

실제로 누군가 우화등선에 성공해서 승천한 이후의 일을 세상에 알린 적이 없었기 때문에 지금 이 상황이 우화등선인지 아닌지 판단할 수는 없다.

그렇지만 모든 상황으로 미루어 봤을 때 우화등선이 성공한 것이 분명했다.

십절무황은 지금 제일 먼저 확인하고 싶은 일이 한 가지 있는데 자신의 얼굴 모습을 눈으로 직접 보는 것이다.

팔십사 세 백발 백염을 하고 있는 노인의 모습이라면 부모님과 누이들이 그를 아들이고 남동생, 오라버니라고 생각할 리가 없기 때문이다.

그가 육십사 년 전으로 돌아와서 그 당시의 가족을 만났다면 그의 모습 역시 육십사 년 전으로 환원됐을 가능성이 있었다. 그걸 확인하려는 것이다.

십절무황은 눈동자를 굴려 소랑을 바라보았다.

"랑아."

몸종 소랑까지도 육십사 년 전 그대로의 모습이다. 그녀는 십칠 세이며 스무 살 시절 십절무황의 거처에서 잔시중을 들었다.

"아……! 네, 공자."

소랑은 깜짝 놀라는 표정을 지었다.

"병경(柄鏡: 손거울)을 다오."

십절무황은 자신의 목소리가 이상하다고 생각했지만 워낙 힘없이 중얼거리는 소리라서 별로 신경 쓰지 않았다.

소랑이 병경을 가져와서 십절무황에게 내밀었지만 그는 손을 들 힘조차 없어서 받지 못했다.

"내 얼굴을 보게 해다오."

소랑은 병경을 두 손으로 잡고 조심스럽게 십절무황의 얼굴 앞에 갖다 댔다.

십절무황은 긴장된 마음으로 매끄러운 병경 속에 비친 자신의 얼굴을 바라보았다.

은으로 만든 매끄러운 병경에 누군가의 모습이 비춰졌다.

"……."

그 순간 십절무황은 눈을 크게 부릅뜨면서 놀라고 말았다. 병경 속에는 백발 백염의 팔십사 세 노인의 모습 대신 매우 젊고 영준한 청년이 크게 놀라는 표정을 지으며 그를 바라보고 있었다.

이 얼굴은 십절무황의 육십사 년 전 모습이다. 짙은 눈썹과 우수에 젖은 듯 검고 서글서글한 눈, 우뚝한 코, 두툼하면서 붉은 입술.

틀림없는 십절무황의 젊은 시절 화운룡의 얼굴이다.

'맙소사! 어떻게 이럴 수가……'

상황만 육십사 년 전으로 돌아온 것이 아니라 모습까지도 육십사 년 전으로 환원했다.

십절무황, 아니, 화운룡은 눈으로 직접 보고 있으면서도 지금 상황이 쉽사리 믿어지지 않았다.

"랑아, 이 병경이 잘못된 것이 아니냐?"

"다른 병경을 가져다 드릴까요?"

소랑이 이번에는 동(銅)으로 만든 다른 병경을 가져왔으나 거기에 비친 얼굴 역시 젊은 화운룡이기는 마찬가지다.

그는 일각 동안이나 병경 속 자신의 얼굴을 요모조모 뜯어 보다가 두 손으로 무거운 병경을 잡고 있는 소랑이 매우 힘들 어하는 모습을 보고서야 병경 보기를 그만두었다.

"내가 몇 살이더냐?"

화운룡이 불쑥 묻자 소랑은 어이없다는 표정을 지었다.

"공자께선 올해 스무 살이죠."

"스무 살……"

화운룡은 문득 자신이 무황성 연공실에서 우화등선을 이루려고 몰아에 들기 직전에 내심으로 했던 말이 생각났다.

그때 그는 스무 살로 돌아가기를 간절하게 원했다.

그랬는데 지금 그는 스무 살의 화운룡으로 돌아왔다.

'이것은 과연 무슨 의미인가……?'

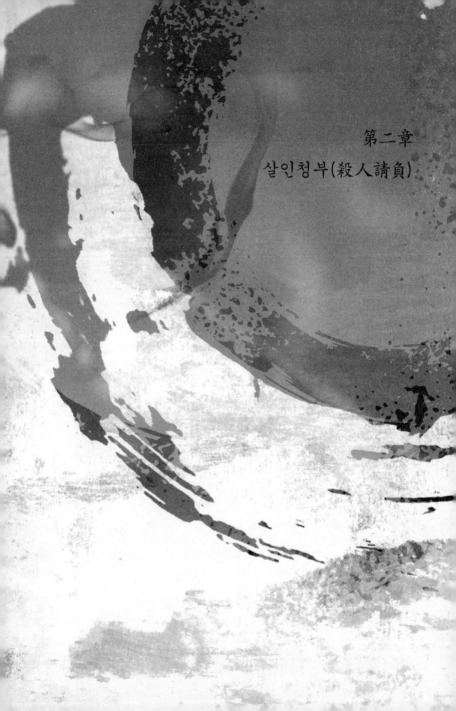

第二章
살인청부(殺人請負)

화운룡은 몸과 정신만 육십사 년 전으로 회귀했다.

아쉽게도 경천동지할 그의 일신절학은 사라진 상태다.

사라진 것은 그것뿐만이 아니다. 그가 평생 동안 이룩해 놓은 모든 것을 다 잃었다.

아니, 그것들을 두고 왔다고 해야 옳다. 하지만 그것들에 대한 미련은 한 올도 없었다.

그에게 팔십사 세의 십절무황으로 다시 돌아갈 것인지 아니면 스무 살의 화운룡으로 이곳에 남아 있을 것인지를 묻는 자체가 어리석은 질문이다.

어떤 대가나 희생을 치르더라도 그는 무조건 이곳에 있고 싶다. 스무 살의 화운룡이라니, 가장 꽃다운 시절부터 인생을 다시 한번 살 수 있다는 것은 얼마나 근사한 일인가.

다시 돌아온 집에서 열흘을 보내는 동안 그는 육십사 년 전의 자신과 가문, 그리고 가족에 대한 사항들을 현실적으로 인식하는 일에 몰두했다.

그가 가장 염려하는 것은 어느 순간 갑자기 왔던 곳, 즉 팔십사 세의 무황성 십절무황으로 되돌아가는 일이 벌어지지 않을까 하는 것이었으나 열흘이 지난 현재까지 그런 일은 일어나지 않았으며 그런 기미조차 보이지 않았다.

참으로 다행한 일이다.

일신절학이니 천하제일인 같은 명성이 없으면 어떤가. 억만금을 주고도 살 수 없는 젊은 시절로 돌아오지 않았는가.

우화등선을 시도하기를 잘했다. 이것이 우화등선의 결과물인지 어떤지는 증명할 길이 없지만, 어쨌든 우화등선을 시도했기 때문에 이런 말도 되지 않는 축복이 주어졌다.

그때 소랑이 어디 불이라도 난 것처럼 허둥지둥 방으로 들어오더니 침상에 누워 있는 화운룡에게 급히 말했다.

"공자, 숙빈 소저께서 오셨어요."

"숙빈… 이 누구지?"

처음 듣는 이름인 것 같았다.

소랑은 화운룡이 크나큰 충격 때문에 정신 상태가 온전하지 않은 것으로 알고 있다.

그렇지 않으면 지난 열흘 동안 그토록 이상한 말들을 하지 않았을 것이다.

소랑이 열흘 동안 지켜본 바에 의하면 화운룡은 예전의 그가 아니라 전혀 다른 사람 같았다.

예전의 화운룡은 정말이지 너무 힘들고 지겨워서 도망치고 싶을 정도로 장난꾸러기에다가 소랑이 한시도 쉬지 못하도록 달달 볶았다.

그러나 그게 전부였으면 소랑은 정말 도망이라도 쳤을 것이다. 그가 아주 가끔 친오빠처럼 따스한 일면도 보여줄 때가 있는데 그것 때문에 소랑이 지금까지 버티고 있는 것이다.

소랑은 문 쪽을 힐끗 보고 나서 안쓰러운 표정을 지었다.

'정혼녀에게 허구한 날 얼마나 치도곤을 당했으면 숙빈이라는 이름을 잊어버리기까지 하셨을까? 가여워라……'

소랑은 차분하게 설명했다.

"설마 공자의 정혼녀인 숙빈 소저를 모르신다는 말씀이에요?"

"……"

그래. 육십사 년 전 화운룡에게는 정혼녀가 있었다.

화운룡보다 한 살 어린 열아홉 살의 조숙빈(趙淑嬪)이다.

그 정혼은 화운룡과 조숙빈이 서로 사랑해서가 아니라 양가 부모들끼리 마음대로 정한 혼약이었다.

화운룡의 가문인 해남비룡문(海南飛龍門)과 조숙빈의 가문인 형산은월문(衡山銀月門)은 조부 때부터 막역한 우정을 이어오고 있었다.

화운룡의 조부인 화성덕(華成惠)은 젊은 시절 검법으로 명성이 쟁쟁한 남해 해남검파(海南劍派)에서 십오 년 동안 제자로서 검법 수련을 한 이후에 사문을 떠나 이곳 강소성 태주현에 문파를 개파했다.

자신이 해남검파의 제자라는 사실을 얼마나 자랑스럽게 여겼으면 화성덕은 개파하는 문파 이름 앞에 '해남'을 붙여서 '해남비룡문'이라고 지었을 정도였다.

그리고 태주현에 들어와서 개파한 형산파 제자, 즉 숙빈의 조부인 조형래(趙亨崍)도 자신이 형산파 제자였다는 사실을 내세워서 문파명을 '형산은월문'이라고 지었다.

비슷한 시기에 문파를 연 화성덕과 조형래는 오래지 않아서 의기투합하여 절친한 벗이 되었으며 그 끈끈한 우정은 자식들의 대까지 이어졌다.

화운룡이 아득한 육십사 년 전의 숙빈에 대한 기억을 떠올리고 있을 때 이미 그녀는 방 안으로 들어서고 있었다.

척!

붉은색이 감도는 자의 경장을 입고 어깨에는 그녀의 애검인 은월한검(銀月寒劍)을 멘 늘씬한 체구의 소녀가 방 안쪽에 멈춰서 화운룡을 쳐다보았다.

'숙빈……'

그녀를 바라보는 화운룡의 얼굴에 반가움이 서렸다.

숙빈 역시 육십사 년 전의 모습 그대로다. 태주현 최고의 미인이라는 찬사를 받고 있지만 사실은 그 명성보다 더 아름다운 미녀다.

아직 그녀가 어린 탓에 미모가 많이 알려지지 않았기에 태수제일미로 그칠 뿐이지, 장차 강소성 제일 미녀가 되는 것은 시간문제일 정도의 대단한 미인이다.

하지만 화운룡은 그녀에 대해서 또 다른 아픈 기억을 떠올렸다. 그의 기억 속에서의 숙빈은 자신의 정혼녀라든가 미인이라는 사실보다 무서운 여자라는 사실이 더 깊게 각인되어 있었다.

그녀가 화운룡보다 한 살 어린 열아홉 살임에도 불구하고 그는 그녀 앞에만 서면 그저 한없이 작고 초라해졌다.

숙빈이 화운룡이라는 존재를 발가락에 낀 때만큼도 여기지 않기 때문이다.

그러는 데에는 다 이유가 있다. 숙빈은 열아홉 어린 나이에도 형산은월문 내에서 다섯 손가락 안에 꼽힐 정도의 검술 실력을 지니고 있다.

태주현을 중심으로 백여 리 일대에는 도합 열일곱 개의 방파와 문파가 있으며, 그중에서도 형산은월문이 제일문파로 꼽힐 정도로 막강한 영향력을 행사하고 있다.

그런 형산은월문 내에서 다섯 손가락 안에 꼽힐 정도면 태주현 일대 백여 리 내에서 열 손가락에 꼽히는 실력자라고 할 수 있었다.

숙빈이 찬바람이 쌩쌩 휘몰아치는 동작으로 다가와서 침상 옆에 우뚝 서더니 침상에 누워 있는 화운룡을 더욱 차가운 눈빛으로 내려다보았다.

"몸은 괜찮아?"

그리고 염려라고는 한 올도 담겨 있지 않은 냉정한 목소리로 지나가듯이 물었다.

숙빈은 필경 부모의 강압에 못 이겨서 억지로 화운룡을 문병하러 왔을 것이다.

사실 그녀의 부모는 화운룡이 집에 돌아온 날에 그를 문병하러 가라고 숙빈에게 말했다.

그런데 그녀는 차일피일 미루다가 열흘이나 지난 지금 마지못해서 어려운 발걸음을 한 것이다.

"그래."

화운룡은 그녀를 바라보면서 조용한 목소리로 대답했다.

숙빈의 차가움을 대면하면서 화운룡은 검술을 가르쳐 준다는 핑계로 그녀에게 목검으로 숱하게 두들겨 맞았던 기억이 새록새록 떠올랐다.

숙빈이 형산은월문과 부모님의 자랑으로 빛나는 존재라면 그 반대로 화운룡은 해남비룡문과 부모님의 수치스러움이고 걱정거리였다.

그래서 숙빈은 자신과 화운룡이 십오 년 전, 그녀가 네 살, 화운룡이 다섯 살 때 정혼을 했다는 사실을 치욕으로 여기게 되었다.

그렇지만 화운룡은 숙빈이 자신의 정혼녀이며 그녀가 스무 살이 되면 혼인하게 될 거라고 누가 묻지 않는데도 동네방네 떠들고 다니는 통에 태주현에서 두 사람의 관계를 모르는 사람은 아무도 없을 것이다.

숙빈은 화운룡에게 몸은 괜찮으냐고 한마디 묻고는 우두커니 서서 그때부터 아무 말도 하지 않았다.

더 이상 할 말이 없기 때문일 것이다. 그녀가 검술은커녕 학문조차 일체 무식한 사고뭉치에 개망나니인 화운룡을 경멸하고 있는 것은 육십사 년 전이나 지금이나 변함이 없었다.

부모의 성화에 못 이겨서 죽기보다 싫은 문병을 오기는 했지만 한시라도 빨리 여길 떠나고 싶어서 그녀는 일각이여삼추라는 표정이 얼굴에 역력했다.

그렇지만 문병을 오자마자 나가면 그 말이 나중에 부모님 귀에 들어가서 한바탕 꾸지람을 듣게 될 테니까 최소한 일각 정도는 어떻게든 참아보려고 극한의 인내심을 발휘하고 있는 중이었다.

"앉아."

"아니, 됐어."

화운룡이 선의로 말하는데도 숙빈은 꼿꼿하게 선 채 이제는 그에게 눈길조차 주지 않고 주위를 두리번거렸다.

'너에겐 추호도 관심이 없어. 여긴 내 의지로 온 게 아니라 부모님 성화 때문에 억지로 온 거야'라는 사실을 행동과 표정으로 보여주고 있었다.

화운룡은 예전의 개망나니가 아니다. 그는 열흘 전까지만 해도 천하제일인이었다가 우화등선인지 무언지를 한 덕분에 스무 살로 환원한 십절무황 화운룡이다.

천하제일인은 무공만 고강하다고 되는 것이 아니라 고매한 학문과 후덕한 인격, 성품, 도량, 수양 등을 두루 갖춰야지만 천하무림을 다스릴 수가 있다.

"랑아, 항주 용정차(龍井茶)를 숙빈에게 대접해라."

"네? 뭐라고요?"

소랑은 화운룡의 말을 알아듣지 못했다. 아니, 알아들었지만 화운룡이 그런 말을 할 리가 없기에 이해하지 못했다.

"숙빈에게 항주 용정차를 대접해라."

화운룡은 다시 한번 말해주었다.

"아… 네."

저만치에서 조마조마한 표정을 짓고 있던 소랑은 화운룡의 분부에 화들짝 놀랐다가 서둘러서 방을 나갔다.

소랑은 평소에 숙빈이 화운룡을 수치스럽게 여겨 그를 함부로 대하고 심지어 때리는 광경마저 숱하게 본 적이 있었으므로 오늘은 또 무슨 일이 벌어지지 않을까 노심초사 가슴을 졸이고 있던 중이었다.

어린 소랑이 봤을 때 화운룡은 늘 숙빈에게 자진해서 매를 버는 멍청이였다.

시정잡배들이나 쓰는 형편없는 쓰레기 같은 말투에다 하오배들의 헤프고 경망스러운 웃음과 행동, 숙빈을 무서워하면서도 그녀를 어떻게 해보려고 틈만 나면 그녀 몸에 손을 댔다가 흠씬 얻어터진 일이 한두 번이 아니었다.

그런데 방금 그가 '숙빈에게 항주 용정차를 대접하라'는 잔잔한 목소리와 말투, 그리고 반듯한 예절에 소랑은 놀라고 말았다.

그러나 소랑보다 더 놀란 사람은 숙빈이다. 사실 그녀는 용정차, 그것도 천하에서 제일 알아주는 항주 특산을 밥보다도 더 즐겨 마셨다.

그런데 화운룡이 그것을 기억하고 있으며 주인의 자격으로 예의로써 손님을 대했다는 것, 특히 무엇보다도 방금 그의 말투는 숙빈으로서는 처음 들어보는 온화하고 부드러운 말투이며 목소리다.

　단지 목소리 하나만 놓고 보더라도 어느 여자라도 반할 만큼 매력적이었다.

　그러나 불과 보름 전에 사람이 많은 거리에서 우연히 마주쳤을 때 건달들과 함께 있던 화운룡은 숙빈에게 술이나 한잔하자면서 치근덕거리며 하오배들이나 쓰는 온갖 쓰레기 같은 언행을 스스럼없이 남발했다.

　사람들이 우글거리는 장소에서 화운룡을 때릴 수도 없었던 숙빈은 찰거머리 같은 그를 떼어내느라 생고생을 했다.

　그런 기억이 아직도 생생한 그녀에게 방금 화운룡의 언행은 신선함을 넘어서 경악 그 자체다.

　그러나 숙빈의 놀라움은 이제 시작일 뿐이다.

　화운룡은 부드러운 미소를 지으면서 숙빈에게 조용한 목소리로 말했다.

　"아직 몸이 성치 않아 누워서 숙빈을 맞이하는 것을 용서하기 바란다."

　"……"

　"바쁘지 않으면 용정차 한 잔 마실 동안만이라도 머물렀다

갔으면 좋겠다."

"너… 왜 그래?"

숙빈은 얼마나 놀랐는지 귀신을 본 것처럼 주춤 한 걸음 뒤로 물러섰다.

어렸을 적에는 한 살 위인 화운룡을 '오빠! 오빠!' 부르면서 잘도 따라다니며 같이 놀던 숙빈이었다. 여덟 살 때까지 둘은 목욕도 같이할 정도로 친했다.

그러나 성장하여 그녀가 검술과 학문을 배우면서 점점 강해지고 또 박식해지고 있는 반면에, 화운룡은 가문이 검술을 거들떠보지도 않아서 목검을 잡는 방법조차 모르고 학문은 제 이름이나 겨우 쓰는 정도가 되자 오빠의 자격이 없다면서 어느 날부터인가 하대를 하기 시작했다.

*　　　　*　　　　*

부모에게 등 떠밀려서 억지로 화운룡을 병문안하러 온 숙빈은 그의 얼굴만 보고 돌아가려고 했던 애초의 생각을 말끔히 잊어버리고 벌써 한 시진째 그가 누워 있는 침상 옆에 붙어 앉아 있는 중이다.

숙빈은 화운룡이 대접하는 항주 특산 용정차나 한 잔 마시고 일어서야겠다고 생각했었다.

그것은 순전히 용정차를 각별히 좋아하기 때문이지 별다른 뜻이 있어서가 아니었다.

그런데 차를 마시던 중에 화운룡이 넌지시 던진 물음 때문에 숙빈은 한 시진째 일어나지 못하고 있었다.

"안색이 좋지 않구나. 무슨 고민 있니?"

평소 같으면 감히 눈도 마주치지 못할 화운룡이 그렇게 물었을 때 숙빈은 최상의 용정차 한 잔을 얻어 마시는 대가라고 생각하여 적선하듯 대답을 해주었다.

"은월류검법(銀月流劍法) 마지막 오초식의 변화 두 개가 잘 이해되지 않아서……"

어차피 화운룡은 검법은 물론이고 무공은 문외한이니까 말을 해줘도 무슨 얘긴지 알아듣지 못할 것이다.

그런데 숙빈이 혼비백산한 나머지, 마시고 있던 용정차를 절반이나 쏟아버리는 대사건이 발생했다.

"혹시 은월류검법 오초식 중에서 분운적월(分雲赤月)과 은우만공(銀雨滿空) 때문이 아닐까 생각하는데… 그 부분이 원래 헷갈리게끔 되어 있어."

형산은월문의 성명검법은 형산파 검법 중에서 회풍십팔검(廻風十八劍)을 뿌리로 하여 숙빈의 조부 조형래가 창안했고, 그것을 기반으로 현재의 명성을 얻고 있다.

회풍십팔검이 너무 오묘하고 난해하여 그것을 쉽게 풀어서 창안한 검법이 은월류검법이지만 얼핏 봐도 회풍십팔검과 매우 흡사하다.

"그걸 어떻게……!"

숙빈은 용정차를 쏟는 바람에 허벅지와 무릎이 뜨겁다는 사실조차도 알지 못할 만큼 경악했다.

그녀는 귀신에게 홀린 듯한 표정을 지었다. 화운룡의 지적은 너무도 정확했기 때문이다.

그녀는 바로 그 대목을 도저히 이해하지 못하는 바람에 은월류검법 마지막 오초식을 무려 삼 년 동안 완성하지 못하고 있었다.

"빈아."

"응."

화운룡이 조용한 목소리로 부르자 숙빈은 찻잔을 교탁에 내려놓고 나서 침상에 더욱 바투 다가앉으며 상체를 그에게 더 기울였다.

"은월류검법은 형산파의 회풍십팔검을 축소한 검법이야. 그렇기 때문에 창안하는 과정에서 할아버님의 작은 착각이 있으셨던 것 같아."

화운룡이 숙빈에게 다정히 대하는 데는 이유가 있다.

아까 숙빈이 방에 들어섰을 때 화운룡은 잊고 있었던 아주 큰 사건 하나를 기억해 냈던 것이다.

화운룡의 가문 해남비룡문의 멸문이다.

해남비룡문은 화운룡이 스무 살이 된 해 이월 십이 일에 갑작스럽게 멸문을 당했다.

그 일로 인해서 화운룡은 복수를 결심하고 정처 없이 길을 떠나 천신만고 끝에 절학을 연마해서 오 년 후에 마침내 복수에 성공했다.

그러나 그가 가문이 멸문한 직후에 길을 떠나 정처 없이 천하를 헤매다가 들은 소문에 의하면, 태주현 형산은월문이 해남비룡문의 복수를 하려다가 오히려 멸문을 당했다는 충격적인 사실이었다.

그리고 그때 숙빈도 부모와 함께 장렬히 죽었다고 했다.

숙빈이 어떤 마음으로 해남비룡문의 복수에 참여했는지는 알 길이 없지만, 그녀가 해남비룡문을 위해서 부모와 함께 죽은 것은 분명한 일이었다.

그 당시 그런 소문을 듣고 화운룡은 비통한 눈물을 흘렸고 한동안 아무것도 하지 못한 채 술만 퍼 마셨었다. 그리고 그때 숙빈에게 쌓였던 원망을 깡그리 지웠다.

화운룡은 그런 기억을 떠올리니까 숙빈이 남 같지 않고 또 고마운 마음이 샘솟았던 것이다.

"그럼 우리 할아버지께서 은월류검법을 잘못 창안하셨다는 얘기야?"

화운룡이 조부의 실수를 지적하자 숙빈은 반사적으로 발끈해서 쨍한 목소리를 울렸다.

"내 말을 더 들어보고 화를 내도 늦지 않아."

그렇지만 화운룡은 주눅이 들거나 화를 내지 않고 차분하게 숙빈을 다독였다.

이어서 그는 방대하고 난해한 회풍십팔검을 불과 오초식의 은월류검법으로 축소하는 과정에 조부가 어떤 실수를 한 것인지에 대해서 차근차근 설명을 했다.

형산파의 회풍십팔검과 형산은월문의 은월류검법을 완벽하게 이해하지 못한다면 절대로 피력하지 못할 설명이다.

화운룡은 장장 한 시진에 걸쳐서 그걸 설명했으며 숙빈은 하나도 놓치지 않으려는 듯 귀를 기울여서 들었다.

"후우… 이제 그만하자."

화운룡은 지나치게 오래 얘기를 하는 바람에 힘에 겨워서 한숨을 내쉬었다.

숙빈은 눈을 동그랗게 뜨고 화운룡을 말끄러미 응시하면서 놀랍고도 신기하다는 표정을 지었다.

"어떻게 이럴 수 있는 거지?"

화운룡이 변해도 너무 변한 모습을 보고 숙빈으로서는 궁금한 게 한두 가지가 아니다.

그걸 짐작하는 화운룡은 지그시 눈을 감았다.

"나 힘들다."

소랑이 그의 얼굴에 맺힌 땀을 닦아주었다.

"이러다가 공자께서 돌아가시겠어요."

하지만 그런 말이 숙빈의 귀에는 들어오지 않았다.

"네 덕분에 꽉 막혔던 부분이 절반쯤 풀렸어. 집에 가서 네가 해준 말과 회풍십팔검을 비교해 보면 뭔가 해답이 나올지도 모르겠어."

숙빈은 말을 마치고 복잡한 표정으로 화운룡을 바라보았다.

"지금 내가 보고 있는 화운룡이 예전에 내가 알고 있던 그 사람인지 분간이 안 돼."

그러나 화운룡은 빙그레 미소만 지었다. 그 미소가 숙빈을 더욱 아리송하게 만들었다. 한 번도 본 적이 없는 다정한 미소라서 더욱 그랬다.

그녀는 일어나서 문 쪽으로 걸어가다가 멈추고 뒤돌아보더니 조금 머뭇거리다가 말했다.

"내일 또 와도 돼?"

그녀는 화운룡을 바라보면서 그의 허락을 기다렸다.

그런 모습은 부모님 성화에 못 이겨서 겨우 병문안을 오고, 또 의자에 앉지도 않은 채 집에 갈 기회만 엿보았던 숙빈이 맞나 싶을 정도다.

"그래."

화운룡이 눈을 감은 채 겨우 대답하자 그제야 숙빈은 밝은 얼굴로 문을 열었다.

그때 화운룡의 땀을 닦던 소랑이 조그맣게 종알거렸다.

"흥! 우리 공자를 그렇게나 때리고 구박하더니……."

조그맣게 종알거렸다고 해도 공력이 이십 년에 달하는 숙빈이 듣지 못했을 리가 없다.

그녀는 걸음을 뚝 멈추었다가 소랑을 한 번 돌아보고는 무슨 말인가 하려다가 그냥 방을 나갔다.

소랑은 화운룡에게 이불을 잘 덮어주면서 입술을 삐죽거렸다.

"공자께선 저 여자가 밉지 않아요?"

화운룡은 눈을 뜨고 엷은 미소를 지었다.

"밉지 않아."

"어떻게 그럴 수 있죠? 저 여자는……."

"랑아, 숙빈에게 저 여자라고 하면 안 된단다."

"……."

소랑은 눈을 깜빡거리면서 자신을 꾸짖은 화운룡을 빤히 바라보았다.

그러고는 얼마 전에 화운룡 앞에서 숙빈을 '소저'라고 호칭했다가 호되게 꾸지람을 당하고 나서 앞으로는 숙빈을 반드시 '저년' 아니면 '그년'이라고 부르라고 고래고래 악을 썼던 일을 떠올렸다.

소랑은 안쓰러운 표정으로 화운룡을 바라보았다.

'공자께서 많이 아프시구나.'

많이 아프기 때문에 정신이 오락가락하는 것이라고 생각했다.

열두 살 때부터 화운룡의 몸종이었던 소랑은 현재 단 두 명뿐인 그의 우군이었다. 다른 한 명의 우군은 어머니다.

그때 화운룡이 눈을 감은 채 중얼거리듯 물었다.

"랑아, 오늘이 몇 월 며칠이냐?"

소랑은 손가락을 꼽아 책력(冊曆: 달력)을 헤아리고 나서 대답했다.

"이월 사 일이에요."

해남비룡문이 멸문한 날이 이월 십이 일이니까 그날까지 앞으로 팔 일 남았다.

육십사 년 전 이월 십이 일에 해남비룡문이 멸문을 당했는데 화운룡이 우화등선하여 돌아온 해남비룡문이 과연 이월 십이 일에 멸문을 당할는지 그건 미지수다.

그렇지만 화운룡으로서는 가문이 멸문당할 것이라는 전제하에 뭔가를 해야만 한다.

어쩌면 화운룡이 육십사 년 전으로 돌아온 것은 그것 때문인지도 모른다.

그로부터 십육일 후 이월 이십팔 일에 숙빈을 비롯한 형산은월문이 몰살을 당했다.

정말이지 육십사 년 전의 화운룡은 지나칠 정도로 몸이나 체력이 허약했다.

오죽했으면 태주현 사람들이 개나 소나 그를 잡룡 혹은 약룡(弱龍)이라고 불렀을까. 개망나니라서 잡룡이고 허약 체질이라서 약룡이다.

그 증거로 그는 율하 강물에서 건져져 집으로 돌아온 지십이 일이 지나서야 침상에서 내려와 겨우 걸을 수 있게 되었다면 말 다했다.

그때까지 몸종 소랑이 그의 손발이 돼서 대소변까지 다 받아내고 치우고 닦아주었다.

하긴, 화운룡이 술에 만취해서 집에 돌아와 제 몸에 토하기라도 하는 날이면 소랑이 그의 옷을 벗기고 몸을 씻겨서 침상으로 옮겨 잠을 재우는 일이 비일비재했으므로 대소변을 받아내는 일이 조금 더럽기는 해도 그녀로서 하지 못할 정도는 아닐 것이다.

화운룡이 열흘이면 팔구 일 동안 술에 똥이 돼서 집에 돌아와도 부모님은 거의 알지 못했다.

언제나 소랑이 깨끗이 씻겨서 잠자리에 눕히고 모든 흔적을 말끔하게 치워준 덕분이다.

육십사 년 전 해남비룡문이 멸문하던 날도 화운룡은 술을 마시러 갔다.

그랬다가 술을 한 잔 마시기도 전에 해남비룡문이 괴인물들에게 급습을 당해 싸움이 벌어졌다는 말을 들었으며, 그 길로 집에 달려갔지만 이미 싸움은 끝나 있었다.

그리고 그는 이튿날 사람들과 함께 시체들을 치우다가 어느 시체 더미 속에서 작은 체구의 소랑을 발견했다.

그 당시 소랑은 여러 명에게 윤간을 당한 후, 목이 반쯤 잘려서 죽은 처참한 모습이었다.

　　　　*　　　　　*　　　　　*

"후우우……."

화운룡은 해남비룡문을 나와서 고작 오십여 장 걸었을 뿐인데 온몸이 조각조각 부서지는 것 같고 옷까지 땀으로 흠뻑 젖어서 길가의 벽을 짚고 걸음을 멈췄다.

해남비룡문의 멸문까지는 팔 일이 남았다. 짧다면 짧고 길다면 긴 시간이다.

그 안에 뭔가를 해야만 한다.

화운룡에게 십절무황의 능력이 단지 일 할만 있어도 해남 비룡문의 멸문을 막을 수 있을 것이지만 지금 그는 제 몸 하나, 아니, 걷는 것조차 힘겨워하는 약골일 뿐이다.

사실 방법이라는 것은 하나뿐이다. 어떻게든지 부친을 설득해서 도망치는 수밖에 없었다.

그렇지만 그게 절대로 쉬운 일이 아니다. 도대체 부친을 어떻게 설득하여 도망치게 만든다는 말인가.

태주현 제일부호라는 소리를 들을 정도로 모든 기반이 태주현에 있는데 그걸 깡그리 다 버리고 도망치자고 하면 부친이 호락호락 듣겠는가.

팔 일 후 해남비룡문을 멸문시킬 철사보(鐵死堡)는 장강수로채(長江水路寨)인 녹림구련(綠林九聯) 중에 하나로서 태주현에서 남쪽으로 삼십여 리 떨어진, 서쪽에서 동쪽으로 흐르는 장강의 수계(水界) 전체를 지배하고 있다.

강소성에 해당하는 장강 수계는 남경(南京) 남서쪽 강포(江浦)부터 장강이 동해와 합류하는 숭명도(崇明島)까지 장장 오백여 리에 달한다.

더구나 그 오백여 리 내에서 장강으로 흘러드는 물줄기가 무려 오십여 개에 이르고 있으니 그들의 세력권이 얼마나 거대한지 짐작할 수 있을 터이다.

물론 대방파나 대문파, 그리고 정파 소속의 방, 문파들은 녹림 무리인 철사보를 두려워하지 않지만, 해남비룡문 같은 삼류에도 미치지 못하는 하급 문파에게 그들은 염라귀나 다름이 없는 존재다.

얼굴을 감추려고 방갓을 깊숙이 눌러쓴 화운룡은 그로부터 반 시진을 더 비틀거리며 걸어 대로에서 골목으로 접어들었다.

"헉헉헉……."

금방이라도 무릎이 꺾일 것처럼 다리가 후들거렸고 입에서 단내가 날 정도로 숨이 찼다.

그는 벽을 짚고 잠시 멈춰서 저만치 앞을 쳐다보았다.

고만고만한 집들이 처마를 맞대고 다닥다닥 붙어 있지만 그는 그 집들 중에 한 곳이 청호방(靑狐幫)이라는 하오문이라는 사실을 알고 있었다.

개망나니로 태주현이 좁다 하고 돌아다녔지만 그는 아직껏 하오문에 들어가 본 적은 없었다.

저기 청호방에는 화운룡이 아는 친구가 한 명 있다.

그래, 친구라고 해야 옳다.

화운룡 주위의 거의 모든 친구라는 놈들은 하나같이 그에게서 돈이나 뜯고 술이나 얻어먹으려는 놈들뿐이다.

화운룡의 주머니는 항상 두둑하고, 또 태주현에서 내로라 하는 주루와 기루들은 거의 화운룡 부친이 운영하는 해룡상 단(海龍商團) 소유라서 화운룡과 같이 들어가면 아무리 많이 먹고 마시며 기녀들과 희희낙락해도 무조건 공짜이기 때문이다.

그러나 화운룡이 지금 찾아가고 있는 청호방의 이 친구는 아주 다르다.

그는 화운룡에게서 한 푼도 뜯어낸 적이 없고 술을 얻어 마신 석노 없있다.

중요한 것은 그가 어쩌다가 화운룡을 만나면 정신 차리라 면서 쓴소리만 했다는 사실이다.

화운룡이 다시 벽에서 손을 떼고 한 걸음 두 걸음 골목 안 으로 걸어 들어갔다.

"소문주."

청호방 전문 밖으로 나와서 화운룡을 발견한 막화(莫和)는 움찔 놀라는 표정을 지었다.

처음에 화운룡은 막화가 누군지 몰랐었는데 나중에 그의 부모가 둘 다 해남비룡문의 하인과 하녀로 있다는 사실을 알 게 되었다.

이 년 전 어느 여름날 밤에 만취한 화운룡이 거리에서 건달 세 놈에게 흠씬 몰매를 맞고 돈을 털리고 있는 것을 마침 그곳을 지나던 막화가 발견했다.

칼을 뽑아 들고 합공을 하는 건달 셋을 맞이해서 막화는 품속에서 시퍼런 겸도(鎌刀: 낫)를 꺼내 싸움을 벌인 끝에 건달들을 닥치는 대로 찌르고 베어 모조리 쫓아 보내고 화운룡을 구해주었다.

그 싸움에서 막화는 건달의 칼에 팔을 찔렸지만 혼절한 화운룡을 무사히 해남비룡문에 데려다주었다.

며칠 후에 깨어난 화운룡은 자신을 구해준 사람이 막화라는 사실을 알아내고 그를 찾아갔었다.

그렇게 화운룡과 막화는 아는 사이가 되었다.

화운룡은 막화야말로 진정한 친구가 될 수 있다고 여겼지만 막화는 신분의 차이를 뛰어넘지 못하고 친구가 되자는 화운룡의 부탁을 한사코 거절했다.

그래서 화운룡은 막화를 친구로 생각하지만 그는 화운룡을 소문주로 대접하는 묘한 관계가 되었다.

그것이 육십육 년 전의 일이었고 이후 막화와 이 년 동안 알고 지냈지만 지금까지도 화운룡의 뇌리에 생생하게 각인되어 있었다.

"헉헉헉… 화야."

"소문주, 여긴 무슨 일로 왔소?"

막화는 하오문에 몸담고 있기 때문에 화운룡이 납치됐다가 구사일생 살아난 일을 잘 알고 있었다.

"헉헉… 청호방주를 만나게 해줘."

육십사 년 전의 키가 크고 깡마르며 눈이 날카로운 모습의 막화는 움찔 놀랐다.

"방주는 어째서 만나려는 것이오?"

화운룡은 크게 비틀거리다가 막화의 몸 쪽으로 쓰러졌다.

"화야… 방주를 만나게 해줘… 부탁이다……."

약골인 화운룡의 몸뚱이는 십절무황에게 저용이 되지 않았다.

화운룡은 청호방주와 마주 앉았다.

청호방주는 별호가 청호리(靑狐狸) 푸른 여우라고 한다.

아직 삼십오 세의 젊은 나이인데도 밑바닥에서 닳고 닳은 위인이며, 오 년 전에 자신의 별호를 딴 하오문 청호방을 열어서 제법 잘 꾸려 나가고 있다.

왼쪽 뺨에 손가락 한 마디 정도의 칼자국이 있는 것만 빼면 점잖은 유생 같은 풍모의 청호리가 느긋한 표정으로 먼저 말문을 열었다.

"해남비룡문 소문주께서 무슨 일로 나 같은 하오배를 찾아오셨소?"

화운룡이 개망나니라는 사실을 잘 알고 있는 청호리지만 그래도 처음에는 해남비룡문 소문주로 대우해 주었다.

화운룡은 단도직입적으로 말했다.

"두 가지 일을 해주게."

원래 화운룡이라면 청호리 정도 인물 앞에서 얼어붙어 말도 제대로 못할 테지만 십절무황 화운룡은 다르다.

"무슨 일이오?"

화운룡은 앉아 있는 것조차 힘겹지만 꼿꼿하게 앉아 있으려고 애쓰면서 말했다.

"철사보의 움직임에 대한 것들을 하루에 두 번 내게 소상하게 알려주고, 자네가 알고 있는 신용 있는 살수 조직에게 철사보주를 죽여달라는 청부를 넣어주게."

"어……."

맞은편에 앉은 청호리나 두 사람 옆에 서 있는 막화는 얼굴 가득 어이없다는 표정을 지었다.

청호리와 막화는 느닷없이 불쑥 찾아온 해남비룡문의 개망나니가 이런 말도 안 되는 얘기를 꺼낼 줄은 꿈에도 예상하지 못했다.

"허어… 이봐, 네가 방금 무슨 말을 한 건지 알고 있나?"

기가 막힌 청호리는 화운룡에 대한 낯간지러운 예우를 걷어치우고 가소롭다는 듯이 말했다.

십절무황 화운룡은 하오문도를 평생 상대해 본 적이 없었다. 그럴 일이 없었기 때문이다.

그가 상대했던 가장 하급의 인물이 사파의 한 지역 우두머리 정도였다.

그러나 화운룡은 이런 잔챙이들을 어떻게 다루어야 하는지 잘 알고 있다.

사파 우두머리나 하오문도나 거기서 거기, 크게 노느냐 작게 노느냐의 차이가 있을 뿐이지 구정물에서 노는 잔챙이라는 점에서는 똑같다.

"오백 냥 내겠다."

화운룡이 무슨 말을 하든 흠씬 두들겨 패서 내쫓으려고 생각했던 청호리의 얼굴이 움찔 굳었다.

"무… 슨 소리냐?"

"수고비로 오백 냥을 내겠다는 말이다."

하오문도의 입을 틀어막는 데는 돈이 직방이다.

"은자 말이오?"

청호리가 다시 말투를 바꿨다.

"은자."

"음……."

"못 하겠다면 다른 하오문을 알아보겠다."

앉아 있는 것조차 힘든 화운룡은 진땀을 뻘뻘 흘리면서도 청호리를 똑바로 주시했다.

청호리가 다섯 호흡 정도 시간을 끌자 화운룡은 손으로 탁자를 짚고 일어섰다.

"대답은 그것으로 됐다."

"어엇? 왜 그러시오?"

청호리는 화들짝 놀라 급히 일어서며 두 손을 뻗어 화운룡을 붙잡으려고 했다.

순간 화운룡의 오른손이 반사적으로 앞으로 튀어나가면서 주먹을 쥐더니 청호리의 가슴 한복판을 때렸다.

탁!

"어……."

청호리가 잡으려고 하자 본능적으로 주먹이 튀어 나갔지만 십절무황의 본 실력으로 봤을 때 백분지 일에도 미치지 못하는 느린 속도다.

그러나 주먹에 위력이 전혀 실려 있지 않아서 청호리는 그 자리에 선 채 화운룡의 주먹을 내려다보았다.

"이건 뭐요?"

"날 건드리지 말라는 경고다. 다음에는 갈비뼈를 왕창 부러뜨리겠다."

화운룡은 짐짓 냉랭한 표정으로 그렇게 얼버무렸다.

그러면서 그는 위기 상황이 닥치면 부지불식간에 자신의

몸이 반응하는 것인지도 모른다는 생각이 들었다.

화운룡은 미련 없다는 듯 문 쪽으로 걸어갔다.

"소문주! 왜 그렇게 성질이 급하시오!"

청호리가 뒤따르면서 다급하게 외쳤다. 하지만 그는 화운룡의 몸에 손을 대지는 못했다.

화운룡이 듣지 못한 듯 문에 손을 대자 더 다급해진 청호리가 울부짖듯이 외쳤다.

"하겠소!"

하오문 정호방의 한 딜 총수입이 은자 천 냥 정도이고, 거기에서 이것저것 제하면 은자 사백 냥이 순수익이다.

그런데 화운룡이 수고비로 은자 오백 냥을 내놓겠다는데 그걸 마다할 청호리가 아니다.

대화가 다시 진행됐다.

"금액은 어느 정도요?"

"만 냥."

화운룡의 짧은 대답에 청호리는 침을 꿀꺽 삼켰다.

청호리가 봤을 때 철사보주인 귀광도(鬼狂刀)가 강소성 남쪽 장강 지역에서는 대단한 인물이지만 그래 봐야 녹림의 소두목일 뿐이다.

귀광도의 목숨값으로는 은자 삼천 냥 정도가 적당하다. 그러니까 나머지 칠천 냥은 청호리가 먹으면 된다.

그 정도는 화운룡도 계산할 수 있다. 그런 걸 다 알면서 살인청부를 부탁하는 것이다. 왜냐하면 이렇게밖에는 달리 방법이 없기 때문이다.

"선불 오천 냥, 성공하면 오천 냥 주겠다."

"알겠소."

청호리는 웃음이 나서 입이 찢어지려는 것을 억지로 참았다.

화운룡은 마지막 정리를 했다.

"귀광도는 칠 일 안에 죽여야 한다. 어디에 청부할 거냐?"

"칠 일이면 넉넉하오. 어디 아는 살수 조직이 있소?"

"혈영단(血影團)."

청호리는 식은땀을 삐질 흘렸다.

"노… 농담도 참……."

혈영단은 무림 최강의 살수 조직이며 최하 금액이 은자 백만 냥인 것으로 유명하다.

화운룡 생각으로도 귀광도 같은 녹림배를 죽이는 데 혈영단까지는 필요하지 않을 것이다.

청호리는 잠시 생각하다가 대답했다.

"흑살루(黑殺樓)에 청부하겠소."

"그렇게 해라."

화운룡은 고개를 끄떡이고 품속에서 전표를 꺼냈다.

어차피 흑살루라는 살수 조직은 들어본 적이 없다.

슥—

전표는 두 장이며 하나는 은색이고 하나는 금색이다.

태주현 내 해룡상단이 운영하는 해룡전장(海龍錢場)이 보증하는 전표이며 은색은 은자 오백 냥, 금색은 은자 오천 냥이라고 적혀 있다.

전표를 보는 청호리의 눈이 탐욕으로 번들거렸다.

사실 은자 오천오백 냥짜리 전표는 어머니가 화운룡에게 준 것이다.

아무것도 묻지 말고 돈을 마련해 달라고 화운룡이 부탁하니까 어머니는 물끄러미 아들을 응시하고는 밖에 나갔다가 돌아와서 아무 말 없이 전표를 내밀었다.

第三章

호위무사(護衛武士)

화운룡은 소랑의 부축을 받으면서 거처 밖으로 나갔다.

그가 워낙 키가 큰 탓도 있지만 또래 소녀들보다 체구가 작은 소랑은 키가 그의 가슴에도 못 미쳐서 다른 사람이 보기에 두 사람은 매우 부자연스러워 보였다.

하지만 화운룡이 술에 취하면 술집에 데리러 온 소랑이 그를 부축해서 집으로 돌아오는 일이 허다했기 때문에 이제는 숙달이 돼서, 전혀 다른 체구의 차이에도 불구하고 두 사람은 찰떡궁합을 자랑했다.

"힘들면 말해라. 내 발로 걷도록 해보겠다."

"정말 공자 맞아요?"

화운룡의 말에 소랑은 자신의 어깨에 두른 그의 팔을 붙잡은 채 그를 힐끗 쳐다보았다.

"왜 그러느냐?"

"제가 골백번 공자를 부축했어도 방금 같은 자상한 말은 처음 들어요. 제대로 부축하라고 꾸지람만 들었는데… 제가 아는 공자께선 절대로 그런 말씀을 하지 않았어요. 그래서 정말 공자가 맞나 싶어요."

육십사 년 전의 자신이 얼마나 못되었는지 소랑을 통해서 다시 한번 가책을 느끼는 화운룡이다.

방에서 나온 화운룡과 소랑은 느릿한 속도로 대전을 가로질러서 입구로 향했다.

화운룡은 해남비룡문 후원 쪽에 별원 전각 한 채를 다 사용하고 있었다.

별원 이름은 화운룡의 이름을 따서 운룡재(雲龍齋)라고 하는데, 운룡재를 통째로 사용하게 된 이유는 부친의 사대독자에 대한 배려인 동시에 사고뭉치 개망나니인 아들이 남들 눈에 띄는 것을 꺼려한 방법의 일환이기도 했다.

운룡재 옆에는 운룡재 절반 크기의 자그마한 전각이 한 채 있으며 그곳에는 운룡재에서 일하는 하녀와 숙수 다섯 명이 기거하고 있다.

운룡재는 보기보다 꽤 커서 일이 층을 통틀어 방이 열두 개나 있으며, 개인 연공실과 주방, 식당, 서재, 창고 등이 두루 갖추어져 있을 정도다.

"공자, 정말 큰어르신께 가실 생각이에요?"

연무장 가장자리를 지나면서 소랑이 궁금했던 것을 물었다.

큰어르신이란 화운룡의 조부 화성덕을 가리키며 정식 호칭은 태문주(太門主)다.

아까 화운룡이 불현듯 조부가 생각나서 물었더니 그는 병석에 누운 지가 이미 오래됐다는 소랑의 대답이 돌아왔다.

그래서 화운룡은 길게 생각할 것도 없이 조부를 보러 가기로 마음먹고 나선 길이다.

넓은 연무장에는 무공 연마에 필요한 도구들이 곳곳에 잘 갖추어져 있지만 지금 무공을 연마하고 있는 문하 제자는 한 명도 보이지 않았다.

왜 그런지 화운룡은 알고 있다. 조부가 병에 걸려서 병석에 누운 이후 해남비룡문은 빠른 속도로 쇠락의 내리막을 미끄러져 내리기 시작했다.

조부가 병석에 누운 지 어언 십 년째. 현재의 해남비룡문에는 문하 제자가 다 합쳐도 채 이십 명도 되지 않았다.

조부 화성덕의 하나뿐인 아들이자 화운룡의 부친인 화명승(華明昇)은 아무리 열심히 무공을 연마했어도 화성덕의 절반에도 미치지 못했다.

화명승은 선천적으로 무공을 연마하는 자질이 아예 없는 사람이어서 남들보다 몇 배 노력해도 남들만 한 무공 실력을 얻지 못했다. 그런 실력으로 해남비룡문을 이끈다는 것은 무리일 수밖에 없었다.

그렇지만 화명승에겐 다른 재주가 있었다. 바로 장사에 남달리 비상한 능력을 지니고 있다는 사실이었다.

그는 무공으로 해남비룡문을 지키지 못하는 대신 장사를 해서 가문의 일패도지를 막겠다는 결심을 했다.

그 결과 십여 년이 지난 현재, 해남비룡문은 태주현에서 세 손가락에 꼽힐 만큼 부자가 되었다.

현재는 예전 해남비룡문이 벌어들인 수입의 백 배 이상을 벌고 있는 상황이다.

화명승에게 그나마 장사하는 재주라도 없었다면 해남비룡문은 이미 오래전에 현판을 내리고 일가족이 먹고살 길을 찾아서 태주현을 떠나야 했을 것이다.

"당연히 할아버지를 뵈어야지."

화운룡은 누런 잡초가 무성한 연무장을 쓸쓸한 시선으로 바라보며 중얼거렸다.

그런데 그때 연무장에서 무슨 소리가 났다.

타닥… 탁… 탁탁…….

화운룡이 걸음을 멈추고 자세히 살펴보니까 연무장 구석에서 누군가 검술 연마 상대인 목인(木人)을 앞에 두고 수련을 하고 있는 모습이 보였다.

너무 멀어서 잘 보이지는 않지만 목검으로 목인을 때리고 빠지는 동작이 제법 경쾌했고, 목검이 목인을 때리는 음향이 멀리까지 명쾌하게 울려 퍼졌다.

물론 그래 봐야 삼류 아니면 그 아래 수준이겠지만 텅 빈 연무장에서 혼자 열심히 검법 수련을 하는 그가 화운룡에겐 신선하게 보였다.

화운룡이 조부의 거처인 태웅각(太雄閣)에 들렀다가 운룡재로 돌아오는 길에 연무장을 지날 때에도 아까 봤던 사람이 여전히 검법 수련을 하고 있었다.

화운룡은 걸음을 멈추고 그 사람을 바라보면서 소랑에게 지시했다.

"랑아, 가서 저 사람이 누군지 알아오고 이따가 나 좀 보자고 전해라."

소랑이 돌아와서 보고했다.

"공자, 그 사람은 문객(門客: 식객)이랍니다."

"너도 아는 사람이냐?"

"잘 알지는 못하지만 본 문의 제자들과 문객들을 통틀어서 매일 쉬지 않고 검술 수련을 하는 유일한 사람이라고 해요."

"음."

화운룡은 매일 쉬지 않고 검술 수련을 한다는 문객에게 호기심이 생겼다.

"이름은 전중(全仲)이고 본 문에 온 지 이 년이 넘었다는군요."

부친은 해남비룡문의 문하 제자들이 떠나가고 이제 겨우 이십여 명만 남은 빈자리를 문객으로 메웠다.

좋은 말로는 문객이라고 하지만 시쳇말로는 떠돌이 무사다.

대부분 지닌바 실력이 일천하거나 죄를 짓고 도망을 다니거나 하는 등 이런저런 이유로 떠돌다가 자신을 받아주는 곳이라면 문파든 방파든, 심지어 객점이나 기루라고 해도 마다하지 않고 둥지를 튼다.

그래서 몸을 의탁한 곳에서 자신을 필요로 할 때마다 도움을 주면서 일정하지 않은 녹봉으로 근근이 살아가고 있다.

침상에 누운 화운룡은 조금 전에 뵙고 온 조부에 대해서 생각했다.

그가 봤을 때 조부의 병은 십 년이나 오래 앓아누울 중병이 아니다.

큰 도읍의 유명한 명의가 치료했다면 벌써 자리를 훌훌 털고 일어날 수 있는 병이다.

조부의 나이 올해 육십칠 세. 평생 무공을 연마한 사람에겐 그다지 많은 나이가 아니다.

화운룡의 기억으로는 그가 열 살 전후에 조부가 시름시름 아프기 시작했으며 태주현에서 제일 유명한 의원은 노환이라고 진맥했다.

그러나 의술에 있어서 신의 경지에 이른 화운룡이 봤을 때 조부의 병은 비양불진증(脾陽不振症)이 분명하다.

그 병은 워낙 증세가 미미해서 천하의 명의가 아니고는 진맥으로 발견하는 것이 불가능하다.

그 병은 중년 이후에 찾아오기 때문에 대부분의 의원은 비양불진증 환자를 노환이나 다른 병으로 진맥하고 결국은 죽게 만드는 오류를 왕왕 범하는 것이다.

사실 의원이 병명을 알아냈다면 치료하는 방법은 그다지 어렵지 않다.

화운룡에게 십절무황의 능력이 있다면 지금 당장 조부를 치료해서 며칠 만에 벌떡 일어나게 만들 수가 있다.

조부의 비양불진증은 약으로도 충분히 치료할 수 있지만

시일이 오래 걸린다는 단점이 있다.

오래라고 해봐야 서너 달이면 너끈하지만 며칠 만에 벌떡 일으키는 것에 비하면 오래 걸린다는 뜻이다.

공력이 사십 년 이상 되는 사람이 환자의 정확한 위치에 침을 놓으면서 진기를 주입하고 동시에 뜸을 놓기를 사나흘만 계속한다면 열흘 만에 자리를 털고 일어나게 할 수 있다.

"옷 입힐게요."

소랑이 새 비단옷을 가져와서 화운룡을 덮고 있는 이불을 활짝 젖혔다.

"춥다!"

섬뜩한 한기가 벌거벗은 알몸에 엄습하자 화운룡은 부르르 온몸을 떨면서 외쳤다.

바깥도 아니고 화롯불이 활활 타오르는 실내에서 이불을 벗겼을 뿐인데 와들와들 떨어대는 자신의 모습을 발견한 화운룡은 쓴웃음이 났다.

무공에 입문한 스무 살 가을 무렵부터 얼마 전 우화등선을 시작하기 전까지 그는 추위나 더위를 일체 느끼지 못했다.

소랑은 두 겹의 옷을 능숙하게 입혀주었다.

"전중이라는 사람을 오라고 했니?"

"한 시진 후에 오라고 했으니까 곧 올 거예요."

"그럼 일어나야겠다."

화운룡은 탁자를 마주하고 맞은편에 앉은 전중이라는 사내를 찬찬히 살펴보았다.

전중은 삼십 대 초반의 나이에 허름한 갈의 경장을 입고 있으나 키가 크고 어깨가 넓으며 당당한 체격에 두 팔이 유난히 길었다.

각진 얼굴에 하관이 약간 길고 광대뼈가 불룩하며 강파른 인상인데, 이런 관상은 고집이 세지만 강직하고 충성심이 강하다는 사실을 화운룡은 잘 알고 있다.

더구나 전중의 골격과 자질은 쓸 만했다. 상중하로 논한다면 중상 정도의 보기 드문 무골이다.

상(上)에 속하는 천골(天骨)이 만 명 중에 한 명 정도일 만큼 희귀하니까 중상이면 하나를 가르치면 둘을 이해하고 터득할 자질이다.

전중은 자신이 문객으로 신세를 지고 있는 주인집 외아들이 지켜보는데도 전혀 기가 죽지 않은 얼굴이다. 그의 관상은 외강내유(外剛內柔)이다.

"무슨 일로 날 보자고 했소?"

어쩌면 화운룡이 사고뭉치에 개망나니라는 소문을 익히 들었기에 눈 아래로 보는 것인지도 모른다.

"나하고 거래하겠나?"

화운룡이 불쑥 내뱉자 전중의 미간이 좁아졌다.

"거래라고 했소?"

"그래, 거래."

"무슨 거래요?"

화운룡 옆에 서 있는 소랑은 이 화상이 또 무슨 짓을 저지를까 조마조마한 표정으로 지켜보았다.

＊　　　＊　　　＊

소랑은 화운룡이 죽다가 살아난 이후 예전하고는 많이 달라진 모습을 보이고 있지만 걸레는 아무리 깨끗하게 빨아도 걸레라는 생각에는 변함이 없다.

그렇다고 그녀가 화운룡을 미워한다거나 쓰레기처럼 여기는 것은 아니다.

오히려 그 반대로 그를 남자가 아닌 상전으로서 좋아하며 깊이 동정하고 있다.

화운룡이 술에 취하면 소랑에게 못된 짓만 했던 것이 아니다. 그의 술주정은 때로 눈물 섞인 푸념이나 하소연으로 이어지기도 했으며, 어떨 때는 자신이 왜 사고뭉치가 됐는지에 대한 고백 같은 것도 했다.

물론 다음 날 술이 깨고 나면 그는 자신이 했던 언행을 거의 기억하지 못했다.

"내 개인 호위무사가 돼주게."

그 말에 전중의 좁혀졌던 미간이 펴졌다. 그리고 어이없다는 표정이 얼굴에 떠올랐다.

"나더러… 공자의 호위무사가 돼달라고?"

그 뒷말은 듣지 않아도 뻔하다. '네가 파락호 짓을 하고 돌아다니는 걸 뒤치다꺼리나 해달라는 얘기냐?'라고 묻고 싶은 표정이 전중의 얼굴에 역력했다.

"지금 녹봉 얼마 받고 있나?"

하지만 이런 자를 다루는 데는 이력이 난 화운룡이다. 이보다 백배 더 지독한 독종 할애비들도 몇 마디 말로서 무릎을 꿇게 만든 일이 허다했다.

"은자 닷 냥이오."

다른 방파나 문파에서는 문객들에게 숙식을 제공하는 것으로 그치거나 일을 시킬 경우 많아야 은자 두 냥에서 석 냥이 고작인데 해남비룡문에서는 꽤나 후한 편이다.

문파에서 문객들에게 녹봉을 얼마나 주는지는 물론이고 그 밖에 어떤 일에도 관심이 없었던 화운룡이만 지금은 상황이 다르다.

"열 냥 주겠네. 하겠나?"

"……"

전중이 생각할 겨를도 없이 화운룡이 치고 나가자 그는 얼떨떨한 표정을 지었다.

"승낙한다면 자네 거처를 이곳 운룡재로 옮기고 대우는 일급으로 해주겠네. 아버지에겐 내가 따로 말씀드리지. 이 자리에서 즉답하게. 하겠나?"

화운룡의 관상대로라면 전중 같은 인물은 깊은 생각을 하지 않는 저돌적인 성격이다.

"하겠소."

"말투를 바꾸게."

"하겠습니다."

"태도는?"

전중은 고개를 깊이 숙였다.

"공자의 호위무사가 되겠습니다."

지켜보고 있던 소랑은 놀라서 눈을 커다랗게 떴다.

'저… 정말 공자 맞아?'

십절무황은 이 정도 상처는 상처 취급도 하지 않았다.

그런데 육십사 년 전의 화운룡은 대체 얼마나 약골인지 율하에 빠져서 떠내려갔던 것 때문에 열하루가 지난 지금까지도 골골거리고 있다.

화운룡은 커다란 동경(銅鏡: 거울) 앞에 속곳만 입은 모습으로 서서 동경에 비친 자신의 모습을 바라보았다.

키는 육 척하고도 세 치에 이를 정도로 후리후리하게 컸으나 어깨뼈와 갈비뼈가 앙상하게 드러났으며 두 팔과 다리는 나뭇가지처럼 앙상했다.

근육이라고는 찾아볼 수가 없으며 바람만 심하게 불어도 쓰러질 것처럼 허약하기 짝이 없는 몸뚱이다. 그게 바로 현재 화운룡의 실체인 것이다.

"왜 갑자기 몸을 보신다고……"

한쪽에서 지켜보던 소랑이 고개를 갸웃거렸다.

"옷을 입자."

화운룡은 자신이 어떤 몸을 갖고 있는지 확인하고 싶었으며 확인 결과 실망했다.

어쨌든 확인을 해야지만 어떤 대책이나 계획이라도 세울 수 있을 것이기 때문이다.

어제 숙빈이 왔을 때 화운룡은 불현듯 떠오른 해남비룡문과 형산은월문이 멸문을 당했던 일을 기억해 냈다.

그때 이후 그 생각은 잠시도 그의 머리에서 떠나지 않았다. 해결책을 찾기 위해서 밤잠을 설칠 정도로 고심했다.

살수 조직에 청부해서 철사보주 귀광도를 죽여달라고 하오문 청호방에 거래를 해놨지만 그걸 전적으로 믿을 수는 없다.

흑살루가 어떤 살수 조직인지 모르지만 귀광도를 죽이면

다행이고 죽이지 못한다면 다른 방법을 강구해야 한다.

그리고 화운룡은 마침내 어떤 방법을 찾아냈다.

"내가 어디라고 말했지?"

화운룡의 물음에 탁자 맞은편에 앉은 호위무사 전중은 굳은 표정으로 대답했다.

"합비(合肥)의 태극신궁(太極神宮)이라고 하셨습니다."

태극신궁은 합비가 도읍으로 있는 안휘성의 절대적인 패자(霸者)이며 절대자다.

"무슨 일이 있어도 태극신궁의 책사(策士) 장하문(張霞紋)에게 이 서찰을 전해야 한다. 알았나?"

"알… 크흠! 알겠습니다."

몹시 긴장한 전중의 목소리가 꽉 잠겼다.

해남비룡문이 반딧불이라면 태극신궁은 월광이다. 전중 같은 하급무사 열 명이 합공을 해도 태극신궁에서 제일 약한 고수 한 명을 이기지 못할 것이다.

그런 태극신궁에서도 책사라는 어마어마한 신분에게 화운룡이 준 밀서를 직접 전해야 한다는 생각에 전중은 긴장감으로 온몸이 폭발할 것만 같았다.

하지만 그는 못 하겠다는 말을 하지 않았다. 다른 사람 같으면 열이면 열 모두 못 하겠다고 손을 내저으며 호위무사 자리를 내놓겠지만 전중은 그러지 않았다.

화운룡의 호위무사가 되겠다고 약속했으므로 신의를 지키려는 것이다.

과연 화운룡이 전중을 본 안목은 정확했다.

"다녀오는 데 얼마나 걸리겠나?"

화운룡의 계산으로는 태주현에서 합비까지 약 삼백오십 리쯤 되니까 왕복 칠백여 리면 사흘이면 충분하다.

십절무황의 경공술이라면 한나절 만에 다녀올 수 있다. 하지만 화운룡은 튼튼한 준마를 타고 달리는 것으로 계산했다.

"닷새 정도 걸릴 것 같습니다."

그런데 전중은 이틀을 더 잡았다. 하긴 문제는 준마가 아니라 그걸 타는 사람이다. 전중은 하급무사이기 때문에 더 걸릴 수도 있다.

"가는 데 이틀, 올 때는 아무래도 상관없다."

화운룡은 딱 부러지게 말했다.

한시라도 빨리 태극신궁에 가서 책사 장하문을 만나 서찰을 전하는 것이 중요하다.

그리고 장하문이 서찰을 읽고 거기에 공감하여 태주현 해남비룡문까지 와준다면 왕복 닷새가 걸려도 무방하다.

해남비룡문 멸문까지 남은 시일은 칠 일. 그가 닷새 안에 와준다면 이틀쯤 시간이 남는다. 그러면 된다.

전중은 서찰을 소중하게 품속에 갈무리했다. 그러고는 진중한 얼굴로 화운룡에게 물었다.

"공자께선 태극신궁 책사 장하문을 아십니까?"

"현재로선 모르는 사람일세."

"아……."

전중의 입에서 크게 실망하는 신음이 흘러나왔다. 설마 그럴 리는 없겠지, 했는데 설마가 사실이 됐다.

전중은 화운룡을 직시했다.

"제가 거기에 갈 거라고 믿습니까?"

화운룡은 고개를 끄떡였다.

"믿네."

전중은 잠시 화운룡을 노려보는 것처럼 주시하다가 중얼거리듯이 말했다.

"노자를 주십시오."

"그러지."

화운룡은 어머니에게 부탁하여 받아온 은자 백 냥이 담긴 가죽 주머니를 전중에게 주었다.

전중은 해남비룡문에서 가장 튼튼한 준마 두 필을 골라서 한 필에 올라타고 또 한 필은 꽁무니에 매달았다.

해남비룡문의 전문 앞.

마상의 전중은 화운룡에게 고개를 숙였다.

"다녀오겠습니다."

화운룡이 말없이 고개를 끄떡이자 전중은 말고삐를 돌려 대로를 질주했다.

"이랴!"

우두두두두—

전중은 뽀얀 황진을 일으키며 멀어져 갔다.

수중에 은자가 백 냥이나 있으며 준마가 두 필씩이나 있으면 웬만한 자들은 이 길로 줄행랑을 치고 다시는 돌아오지 않을 것이다.

하지만 화운룡은 전중이 그러지 않을 것이라고 믿었다.

아니, 전중의 사람됨을 확인한 자신의 눈을 믿었다.

전중을 떠나보내고 운룡재로 돌아온 화운룡은 침상에 눕지 않고 탁자 앞에 앉아서 반쯤 열어놓은 창밖을 응시하며 골똘히 생각에 잠겼다.

천하제일성 무황성에는 십절무황의 최측근이라고 할 수 있는 인물이 총 열두 명이 있으며 무황십이신(武皇十二神)이라고 부르는데, 그중 한 명이 군사(軍師)인 장하문이다.

육십사 년 전, 해남비룡문이 멸문당한 후 천하를 헤매던 화운룡은 우연히 사부를 만나서 십 년 동안 절학을 연마하고 무림에 나와 복수를 했다. 그 후에 장하문을 만났으며 그때 화운룡은 삼십 세. 장하문은 삼십오 세였다. 장하문이 화운룡보다 다섯 살 많았다.

두 사람은 만나자마자 간담상조(肝膽相照)하는 사이가 되었으며, 오래지 않아서 화운룡이 천하를 도모하겠다는 포부를 밝히자 장하문은 기꺼이 그의 군사를 자청했다.

화운룡은 팔십사 세를 산 오늘날까지 장하문보다 박식하거나 비상한 두뇌의 소유자를 본 적이 없었다.

십절무황 화운룡이 천하제일인이 되고 천하무림을 일통하는 데 가장 크게 기여한 것이 화운룡 자신이고 두 번째가 장하문의 기발한 책략이었다.

만약 장하문이 없었다면 십절무황이 천하무림을 일통하는 데 훨씬 오랜 세월이 걸렸을 것이다.

더구나 장하문은 경망스럽지 않고 도량이 넓으며 감성이 풍부한 성품이었다.

그리고 무엇보다도 중요한 것은 그가 화운룡처럼 애주가라는 사실이다.

화운룡의 친서를 읽은 장하문은 그를 만나기 십 년 전이기 때문에 아직 그의 존재를 모르고 있다. 그러므로 달려와 줄 수도 있고 그러지 않을 수도 있다.

가능성은 반반이다. 냉철한 객관성이 아니라 화운룡의 주관적인 생각이 그렇다는 것이다.

삼십 세의 화운룡이 처음 장하문을 만났을 때 그의 나이가 삼십오 세였으니까 지금은 이십오 세다.

십 년 후의 장하문이라면 화운룡을 만나기 전이라고 해도 친서를 받으면 두말하지 않고 달려와 줄 것이다. 그만큼 성숙해졌다는 뜻이다.

하지만 지금 그는 이십오 세 질풍노도의 젊은 혈기가 넘치고 십 년 후보다는 아무래도 생각이 짧은 시기였다.

흑살루가 귀광도를 죽인다면 철사보는 해남비룡문에 대한 습격을 중단할 것이다.

그렇지만 그것은 일시적인 중단일 뿐이다. 철사보의 다른 인물이 철사보주 자리에 오르면 그자가 귀광도의 뒤를 이어 해남비룡문을 습격할 가능성이 크다.

그러므로 귀광도를 죽이는 것은 화운룡으로서 시간을 버는 정도에 불과했다.

그렇지만 장하문이 달려와 준다면 철사보의 일을 깨끗하게 처리할 수 있을 것이다.

장하문의 능력이라면 충분히 그러고도 남았다.

그리되면 해남비룡문과 형산은월문은 멸문을 모면하겠지만 그렇지 않다면 화운룡은 어려운 방법을 선택할 수밖에 없다.

마지막 남은 방법이라는 것은 하나뿐이었다. 어떻게든지 부친을 설득해서 도망치는 수밖에 없다.

그렇지만 그게 절대로 쉬운 일이 아니다. 도대체 부친을 어떻게 설득하여 도망치게 만든다는 말인가.

태주현 삼대부호라는 소리를 들을 정도로 모든 기반이 태주현에 있는데 그걸 깡그리 다 버리고 도망치자고 하면 부친이 호락호락 듣겠는가.

그러므로 지금으로선 장하문이 와주기만을 목을 빼고 기다리는 수밖에 없었다.

*　　　　*　　　　*

쉬아앙!

숙빈은 허공에서 머리를 아래로 하여 비스듬히 하강하면서 수중의 은월한검을 맹렬히 내뻗었다.

그와 동시에 검신을 세차게 떨 듯이 흔들자 날카로운 파공음이 울리면서 손가락 크기 구부러진 반달 모양의 새하얀 검영들이 와르르 쏟아졌다.

파파파팍!

그녀의 검첨이 눈 깜빡할 사이에 표적으로 삼은 목인에 찌르기 세 번과 베기 두 번을 성공시켰다.

척!

숙빈은 수련실 바닥에 내려서자마자 급히 목인에게 달려들어 검흔(劍痕)을 확인했다.

목인에는 그녀가 목표로 삼았던 미간과 목, 양쪽 가슴, 옆구리에 찌르기와 베기의 흔적이 또렷하게 새겨져 있었다.

"아아……."

숙빈은 감격으로 가늘게 몸을 떨었다.

은월류검법 오초식을 수련하기 시작한 지난 삼 년여 동안 그토록 애를 먹였던 분운적월과 은우만공 중에서 은우만공을 방금 전에 마침내 완성했다.

분운적월은 어제 해남비룡문에서 집으로 돌아오자마자 연마에 몰두한 끝에 완성했으니까 오초식 두 개의 변화를 이제야 마침내 모두 터득한 것이다.

누가 뭐라고 해도 이건 순전히 화운룡 덕분이다. 어제 숙빈은 집에 돌아오자마자 그가 알려준 대로 형산파 회풍십팔검과 은월류검법을 세밀하게 비교했더니 과연 화운룡이 지적한 부분에 잘못된 오류가 몇 군데 드러났다.

분운적월과 은우만공만이 아니라 은월류검법 일초식부터 오초식까지 전체를 통틀어 일곱 곳이나 잘못됐다.

만약 잘못된 부분을 바로잡는다면 은월류검법의 위력이 지금보다 조금 더 강해질 것이다. 하지만 숙빈에겐 잘못된 부분을 고칠 만한 능력이 없다.

어쨌든 화운룡의 조언이 아니었으면 숙빈은 이후로도 꽤 오랫동안 은월류검법 오초식을 완성하지 못했을 것이다.

여태까지 수련했던 은월류검법 오초식이 불완전한 초식이었기 때문이다.

그렇다면 할아버지와 아버지는 이 불완전한 오초식을 어떻게 수련하고 완성한 것인지 의문이 들었다.

숙빈의 짐작이 맞는다면 두 분은 오초식을 대충 완성했거나 그게 아니면 숙빈이 했던 것처럼 형산파의 회풍십팔검과 비교하여 제대로 완성했을 것이다.

전자라면 할아버지와 아버지의 은월류검법은 불완전한 상태일 테고, 후자라면 두 분은 그 사실을 숙빈에게 말해주지 않아서 어려움을 겪게 했다.

"그런데 도대체……."

어쨌든 숙빈은 그것보다는 화운룡에 대해서 놀라움을 금하지 못했다.

그녀가 지난 십여 년 동안 봐왔던 화운룡과 어제 만난 화운룡은 절대로 동일 인물이 아니라는 생각이 들 정도로 그녀에게 커다란 충격을 안겨주었다.

'어떻게 된 일이지?'

그러나 아무리 생각해 봐도 개망나니 사고뭉치가 어떻게 해서 하루아침에 총명함이 넘치는 박식한 정인군자로 변모한 것인지 알 수가 없었다.

철컥!

숙빈은 검을 어깨의 검실에 꽂고 수련실을 나와 자신의 거처로 향했다.

수련을 하느라 흘린 땀을 목욕으로 씻어낸 후 해남비룡문에 화운룡을 만나러 갈 생각이다.

오늘 화운룡을 만나면 어째서 그가 갑자기 변한 것인지 반드시 알아내고 말 것이다.

청호방의 막화가 화운룡을 만나러 왔다.

막화는 어렸을 때 해남비룡문에서 살았기 때문에 지금도 출입이 자유롭다.

운룡재 대전 입구에서 기웃거리고 있는 막화를 발견한 소랑은 크게 놀랐다.

"화 오빠!"

예전 막화가 해남비룡문에서 살았을 때 소랑하고는 친남매처럼 친했다.

해남비룡문 내에서 숙수나 하인, 하녀들이 거처하는 구역이 따로 있는데 막화와 소랑은 같은 전각에 살았다.

"철사보의 움직임은 평소와 별다른 것이 없소."

탁자에 마주 앉은 화운룡은 진지한 얼굴로 고개를 끄떡였고 막화가 계속 말을 이었다.

"청호리가 흑살루에 청부를 했소."

화운룡이 계속 침묵을 지키자 막화가 궁금한 얼굴로 물었다.

"무슨 일이 있는 거요?"

화운룡은 잠시 말없이 막화를 바라보다가 근처에 있는 소랑에게 손짓을 해서 나가라고 했다.

"육 일 후 십이 일에 철사보가 본 문을 습격할 것이다."

막화는 움찔했다.

"철사보가 말이오?"

"그래. 본 문은 멸문하고 가족들과 식솔들 전원이 몰살당한다. 이후 이십팔 일에 형산은월문이 철사보에 복수하려다가 역부족으로 몰살당하고 만다."

"그런 사실은 어떻게 알게 된 것이오? 철사보에서 누가 정보를 알려주었소?"

"아니다. 내가 그냥 알고 있다."

화운룡으로서는 막화에게 자신이 육십사 년 후 미래에서 왔다고 말할 수도 없으며, 설사 말한다고 해도 막화가 믿을 리 만무하다.

막화는 놀라기보다는 어이없다는 표정을 지었다.

"그걸 날더러 믿으라는 거요?"

"이유 불문하고 그냥 믿을 수는 없겠느냐?"

"……."

막화는 예전하고는 사뭇 달라진 화운룡을 묵묵히 응시했다.

그가 알고 있는 화운룡은 지지리 못난이에, 움직였다 하면 사고뭉치에, 가문과 가족과 아는 사람들 얼굴에 먹칠이나 하고 다니는 개망나니였다.

막화가 화운룡을 마지막으로 본 게 열흘 전이었으며 그때까지도 그리고 다녔다.

그런데 막화가 이틀 전 청호방에 찾아와서 난데없는 거래를 했던 화운룡이나 지금 마주 앉은 화운룡에게서는 전혀 그런 모습을 찾아볼 수가 없다.

"화야, 내 말을 있는 그대로 믿어라."

막화는 변화한 화운룡에게서 뭔가를 찾아내려는 듯 그를 뚫어지게 주시하다가 이윽고 고개를 끄떡였다.

"그러겠소."

그는 화운룡이 건달들에게 납치되어 죽을 고비를 넘기고 난 이후에 무슨 일이 있었을 것이라고 짐작했다.

그는 누가 화운룡을 납치해서 몸값을 받아내고 그를 차디찬 강물에 던져서 죽이려고 했는지 알고 있다. 그 정도를 모른다면 하오문에 몸담고 있다고 말할 자격이 없다.

그래서 그는 만약 화운룡이 죽었다면 물불 가리지 않고 복수를 하려고 했었다.

하지만 화운룡이 기적적으로 살아났기 때문에 잠시 뜸을 들이고 있는 중이다.

반드시 복수는 할 것이다. 막화를 친구로 생각하는 화운룡을 위해서 말이다.

"흑살루는 이삼 일 내로 철사부주 귀광도를 암살할 것이오. 그런데……"

막화는 씁쓸한 표정을 지었다.

"은자 만 냥이라니, 청부 대금을 지나치게 많이 주었소. 귀광도 정도는 은자 삼천 냥만 내도 죽이려고 나설 살수 조직이 많을 것이오."

"알고 있다."

"알고 있다면서 왜 만 냥이나 낸 것이오?"

화운룡은 조용히 말했다.

"삼천 냥을 냈다면 청호리는 천 냥이나 천오백 냥을 자신이 챙기고 나머지 금액으로 살인청부를 하려 들었을 것이다."

"그랬을 거요."

"천 냥이나 천오백 냥짜리 살인청부라면 흑살루보다 형편없는 살수 조직이 맡게 되겠지. 그러면 귀광도를 암살할 확률은 그만큼 떨어지는 것이다."

"아……."

막화는 알 것 같은 표정을 지었다.

"이 지역 살수 조직들 중에서 흑살루가 제일 잘한다는 사실을 알고 있었소?"

"모른다. 단, 청부 대금을 많이 요구하는 살수 조직의 실력이 그중 낫겠지."

모를 땐 돈을 많이 주라는 옛말이 있다.

막화는 새삼스러운 표정을 지으며 화운룡을 바라보았다.

"소문주는 내가 예전에 일던 소문주기 아닌 것 같소."

화운룡은 엷은 미소를 지었다.

"잘 봤다."

第四章
납치범들을 죽이다

숙빈이 은월류검법 오초식을 완전히 터득했다는 말을 듣고
난 화운룡은 빙그레 미소 지으며 고개를 끄떡였다.

"잘됐다. 축하한다."

"고마워. 이게 다 너… 용 오라버니 덕분이야."

그렇게 말하고 숙빈은 살짝 얼굴을 붉혔다. 십여 년 가까이
화운룡을 '너'라고 부르다가 갑자기 '용 오라버니'라고 부르니
까 쑥스러운 것이다.

"빈아, 네 손을 쥐보겠느냐?"

"내 손?"

화운룡이 뜬금없는 말을 하자 숙빈은 가볍게 안색이 변했다. 잘 나가던 그가 또 무슨 허튼수작을 하려는 것인가 더럭 의심이 들었다.

"진맥을 좀 해보려고 그런다."

"진맥을? 용 오라버니가?"

"그래."

화운룡이 숙빈의 낯빛과 관상을 보고 추측한 것과 진맥은 정확하게 일치했다.

"어때?"

화운룡이 한동안 진지한 표정으로 숙빈의 손목을 잡고 진맥을 마치자 그녀는 대수롭지 않은 듯 물었다.

"건강하구나."

"그게 다야?"

"그럼 뭐가 있어야 하는 게냐?"

"내가 건강한지 어떤지 보려고 진맥을 했던 거야?"

"겸사겸사해 보았느니라."

숙빈은 조금 어이없는 표정을 짓고는 정색을 했다.

"부탁이 있어."

"지금은 바쁘구나. 나중에 하자."

"내가 뭘 부탁할 줄 알고 그러는데?"

"은월류검법의 잘못된 부분을 봐달라는 것 아니겠느냐?"

"아……."

화운룡이 정확하게 지적하자 숙빈은 그의 예리함에 놀랐다.

"어떻게 알았어?"

숙빈이 놀라는 반면에 화운룡은 태연했다.

"어제 너는 은월류검법 오초식에 대한 내 지적을 받고 집에 돌아가서 회풍십팔검과 은월류검법을 비교해 봤을 테고, 그러다가 조부께서 은월류검법을 창안하는 과정에 잘못하신 부분을 찾아낸 것이 아니겠느냐?"

"그… 그래. 나는 이제 은월류검법에서 잘못된 부분을 일곱 군데나 찾아냈어."

"틀렸다. 열여섯 군데니라."

"여… 열여섯 군데라고? 설마……."

"후우… 너는 내가 그것들을 일일이 들춰내서 설명을 해야만 내 말을 믿겠느냐?"

숙빈은 어제 화운룡을 오랜만에 만난 이후 계속해서 놀라움의 연속이다.

"그걸 설명해 주면 안 될까?"

"나는 지금 할 일이 있느니라."

"무슨 할 일?"

"지금부터 나를 납치했던 자들을 찾아낼 것이니라."

숙빈은 눈을 동그랗게 떴다.

"그자들을 알고 있어?"

화운룡은 고개를 끄떡였다.

"오늘 중에 찾아낼 수 있을 것이다."

숙빈은 고개를 가로저었다.

"그렇게 쉽지 않을 거야. 왜냐하면 평소에 용 오라버니가 어울렸던 건달이나 하오배들이 부지기수이기 때문이야. 그들 중에서 납치범을 찾아내는 일이 어디 쉽겠어?"

"어렵지 않단다."

"그래도 어떻게 오늘 하루만에… 그것도 정오가 지났으니한나절밖에 남지 않았는데… 불가능해."

"할 수 있다."

"못 해."

숙빈은 고개를 설레설레 가로저었다.

"그렇다면 용 오라버니가 오늘 중에 납치범을 잡나 못 잡나나하고 내기할까?"

"헛헛… 아이들처럼 무슨 내기를……."

숙빈은 아미를 살짝 찡그렸다.

"용 오라버니, 왜 자꾸 노인네처럼 말하는 거지?"

"내가?"

"그래. 말하는 게 딱 팔십 먹은 노인네 말투야."

"허허허… 그랬느냐?"

"또."

팔십사 세나 먹은 노인이 스무 살 시절로 돌아왔으므로 자신도 모르게 노인의 말투가 나오는 것을 어쩌랴.

스무 살이 됐으니까 스무 살에 걸맞은 언행을 해야겠다고 인지하지도 못했으므로 팔십 세 노인 말투가 아무 때나 튀어나오는 게 당연했다.

화운룡은 머쓱해졌다. 젊은 시절로 돌아와서 다 좋을 줄 알았는데 팔십사 세 노인이 이십 세 청년처럼 행동해야 하는 난관에 부딪칠 줄은 예상하지 못했다.

'앞으로 노력해야겠군.'

그는 이제부터는 스무 살 젊은이에 맞게 말하고 행동해야겠다고 다짐했다.

숙빈은 희고 가느다란 손가락 하나를 세웠다.

"내가 이기면 용 오라버니가 은월류검법에서 잘못된 열여섯 군데가 어딘지 알려줘."

"내가 지면 잘못된 열여섯 군데를 모두 제대로 고쳐서 완벽한 은월류검법을 만들어주지."

숙빈은 불신 어린 표정을 지었다.

"그럴 수 있어?"

"당연하지."

숙빈은 두 손을 맞잡았다.

"이 내기 반드시 이겨야겠네?"

"그런데 내가 이기면?"

숙빈은 자신만만한 표정을 지었다.

"그럴 리는 없겠지만 내가 지면 용 오라버니가 원하는 것은 뭐든지 들어줄게."

"뭐든지?"

"그래, 말해봐."

"음……."

화운룡은 지금이야말로 자신이 젊은이다운 요구를 할 때라고 생각했다.

"뽀뽀 한 번 하게 해줘."

사실 그는 여자하고 뽀뽀를 제대로 해본 적이 한 번도 없었다.

빡!

"흐악!"

말이 끝나기 무섭게 화운룡의 눈에서 불이 번쩍였다.

우당탕!

그는 숙빈이 휘두른 주먹에 관자놀이를 호되게 얻어맞고 의자와 함께 바닥에 나뒹굴었다.

한쪽에서 지켜보고 있던 소랑이 깜짝 놀라더니 곧 안됐다는 듯 혀를 찼다.

"쯧쯧쯧… 어쩐지 잘 나간다 했더니 역시 공자께선 매 맞을 짓을 한다니까?"

팔십사 세 십절무황은 뭐가 젊은이다운 것인지 아직 파악이 되지 않았다.

말도 안 되는 요구를 했다가 숙빈에게 한 대 얻어맞은 화운룡은 왼쪽 눈두덩이가 시퍼렇게 멍이 든 모습으로 태주현 거리에 모습을 나타냈다.

"다시 말하지만 난 닐 절내로 돕지 않을 거야."

화운룡의 팔을 잡아서 부축하고 걸어가는 숙빈은 냉정한 목소리로 재차 강조했다.

내기에서 숙빈이 지면 뽀뽀 한 번 하게 해달라고 스무 살 젊은이처럼 호기롭게 말했다가 한 대 얻어맞은 이후 그녀는 다시 화운룡을 '너'라고 부르기 시작했다.

개망나니로 돌아갔으니까 다시 '너'라고 부른다는 것을 화운룡이 모를 리 없다.

숙빈의 말인즉 화운룡이 태주현의 건달이나 하오배들을 만나서 납치범들에 대해서 알아볼 때 그녀는 절대 그를 돕지 않고 지켜보기만 하겠다는 뜻이다.

어디까지나 이것은 내기니까 화운룡 스스로의 능력으로 납치범들을 찾아내라는 것이다.

태주현 최고, 아니, 최악의 개망나니인 화운룡과 태주현 최고의 미녀이며 똑 부러지는 차디찬 성품을 지닌 숙빈이 나란히 거리를 걷는 광경만으로도 사람들의 이목을 집중시키기에 충분했다.

태주현 사람들은 해남비룡문의 소문주인 화운룡과 형산은월문의 소문주 조숙빈이 정혼을 했다는 사실을 모르는 사람이 거의 없다.

화운룡이 떠벌리고 다니지 않았어도 원래 그런 굉장한 일은 비밀 유지가 되지 않는 법인 데다, 태주현은 그다지 크지 않은 보통 규모의 현인 탓에 소문이 입에서 입을 통해 금세 퍼지게 된다.

화운룡은 거리에서 몇 걸음 걸을 때마다 아는 얼굴들을 만났지만 그들은 절대로 가까이 다가오지 않았으며 알은척도 하지 않았다.

화운룡을 아는 사람들은 태주현 사람 대다수다. 그가 해남비룡문의 소문주라는 신분이라서 아는 사람이 있는가 하면 그가 태주현 최고의 개망나니로 너무 유명하기 때문이기도 했다.

화운룡이 해남비룡문을 나서서 이미 삼백 장 이상이나 거리를 걸어왔는데 아무도 그에게 알은척을 하지 않았다.

평소 같았으면 여기까지 오는 동안 적어도 삼십 명 이상 알은척을 했을 것이고, 그중에 절반은 다가와서 집적거리며 수작을 부렸을 것이다.

그렇지만 화운룡의 정혼녀인 숙빈에게 치도곤을 당하면서까지 화운룡에게 알은척을 할 강심장은 아무도 없었다.

하지만 태주현 사람들은 화운룡과 숙빈이 거리를 나란히 걷는 모습을 처음 보기에 매우 신기한 듯 두 사람에게서 눈을 떼지 못했다.

숙빈은 온몸이 따가울 정도로 수많은 시선을 느꼈지만 끝까지 모른 척했다.

화운룡은 태주현 저잣거리의 어느 허름한 주루로 들어섰다.

차륵……

화운룡과 숙빈이 주렴을 걷고 주루 안으로 들어서자 싸구려 냄새가 왈칵 끼쳐 왔다. 화운룡에겐 익숙하지만 숙빈에겐 처음 맡는 역겨운 냄새다.

그리고 지금껏 시끌벅적하던 주루 안이 갑자기 찬물을 끼없은 것처럼 조용해졌다.

주루의 절반 정도를 차지하고 있는 손님들의 시선이 일제히 화운룡과 숙빈에게 집중됐다.

그러나 화운룡이 주루 내를 둘러보다가 시선이 마주치면 더러 고개를 끄떡이면서 보일 듯 말 듯 알은척을 했지만 숙빈이 자신들을 쳐다볼라치면 재빨리 고개를 돌렸다.

얼마나 많은 사람이 화운룡과 숙빈을 쳐다보다가 갑자기 고개를 돌리며 외면을 하는지 한동안 거센 바람 소리와 덜그럭거리는 소리가 난무했다.

주루 내를 둘러보던 화운룡이 한곳에 시선을 고정시키더니 그곳으로 걸어갔고 숙빈이 뒤따랐다.

화운룡은 지금 이 주루 안에 있는 사람들을 한 명도 빼놓지 않고 다 알고 있다.

모두 열여섯 명인데 이들 중에 열 명은 그저 아는 사이고, 네 명은 몇 번 같이 어울렸으며, 두 명은 허구한 날 눈만 뜨면 어울리는 사이다.

태주현 내에 화운룡과 어울리는 패거리들이 잘 가는 주루는 세 곳이고, 그중 가장 잘 가는 곳이 여기다.

패거리들은 화운룡이 있을 때는 이따위 싸구려 주루에 오지 않고 태주현의 일급 주루나 기루만 골라서 간다. 화운룡하고 있으면 무조건 공짜이기 때문이다.

십절무황 화운룡의 태주현에서의 기억은 해남비룡문이 멸문당하던 다음 날인 이월 십삼 일까지다.

가족의 시신들을 수습한 다음 날 그는 태주현을 떠났다. 물론 장례조차 제대로 치르지 못했다.

혼자서는 도저히 장례를 치를 엄두가 나지 않았으며 그럴 경황도 없었다.

납치범에 의해서 율하 강물에 던져진 화운룡의 기억은 오늘 이월 오 일에서 십일 일 전인 정월 이십삼 일까지다.

이후 십절무황 화운룡이 십팔 일 동안 해남비룡문 소문주 역할을 더 했지만 납치된 적은 없었다.

화운룡이 자신들을 향해 걸어오자 그 탁자에 앉아서 술을 마시고 있던 네 명의 건달들은 좌불안석 어쩔 줄 몰랐다. 물론 화운룡 때문이 아니라 그 뒤에서 따라오는 숙빈이 두렵기 때문이다.

화운룡이 탁자 앞에 멈추기도 전에 탁자에 둘러앉아 있던 네 명이 다 일어나 숙빈의 눈치를 살피면서 우물쭈물했다.

화운룡에게 알은척을 해야 할지 숙빈에게 인사를 해야 하는 건지 갈피를 잡지 못하고 허둥거렸다.

그러나 아무도 화운룡에게는 알은척을, 숙빈에게는 인사를 하지 못했다. 여차하는 날이면 은월한설 조숙빈에게 목이 달아날 판국이다.

탁자 앞에 멈춘 화운룡은 그저 아는 사이인 두 명에게 비키라고 손짓을 했다.

"너희 둘은 다른 곳에 앉아라."

두 명이 구명지은을 입은 것처럼 기쁜 얼굴로 후다닥 자리를 비키자 화운룡은 그들이 앉았던 자리 중 하나에 앉으며

서 있는 두 명, 즉 잘 아는 건달들에게 앉으라고 손짓을 했다.

두 명은 숙빈을 쳐다보았다.

숙빈이 팔짱을 낀 채 싸늘한 표정으로 자신들을 쳐다보는 것을 보고 그들은 슬그머니 자리에 앉았다. 화운룡의 말은 곧 숙빈의 명령인 것이다.

* * *

그들 중 한 명이 용기를 내서 화운룡에게 물었다.

"소문주께서 저희에게 무슨 용무이십니까?"

이들 두 명은 평소에 화운룡에게 돈을 뜯거나 그를 앞세워서 해룡상단이 운영하는 주루나 기루에 드나들기를 밥 먹듯이 했고, 걸핏하면 말을 듣지 않는다면서 화운룡을 때리는 일도 서슴지 않았다.

그러나 지금은 자리가 자리이니만큼 화운룡에게 깍듯이 예의를 차렸다.

그런데 화운룡은 두 놈의 얼굴에서 놀라움을 넘어서 귀신을 본 것 같은 표정을 발견했다.

화운룡을 보면서 그런 표정을 짓는다는 것은 화운룡이 귀신이라는 얘기다.

죽은 자가 나타나면 귀신이다. 고로 화운룡이 죽은 줄 알고 있는데 나타났다는 뜻이다.

그렇다면 이 두 놈은 화운룡이 납치됐다가 강물에 빠져서 죽었다는 사실을 알고 있는 것이 분명하다.

십일 일 전에 화운룡은 율하 하류에서 어부의 그물에 걸려 구사일생 살아나서 집에 돌아왔지만 그 일은 일체 비밀에 붙여졌다.

납치범을 잡기 위한 부친의 생각이다. 화운룡이 살아서 돌아왔다는 소문이 퍼지면 납치범들이 멀리 도망치거나 깊이 숨어버릴 것이기 때문이다.

화운룡은 거두절미하고 물었다.

"나를 납치한 자가 누구냐?"

"어……."

느닷없는 질문에 건달 두 명은 움찔 당황했으며, 그걸 본 화운룡은 그들이 납치범이 누군지 알고 있다고 판단했다.

화운룡은 이들의 입에서 납치범이 누군지 들으려는 게 아니다. 누가 그런 짓을 했을지 짐작 가는 놈이 몇 있는데 그걸 확인하려는 것이다.

"염창이냐?"

화운룡은 오늘 하루 동안 곰곰이 생각했던 자들 중에서 가장 혐의가 짙은 놈의 이름을 댔다.

'염창'이라는 이름을 듣고도 앞에 앉은 두 놈의 표정에 어떤 변화가 없다.

이놈들이 뭔가를 알고 있다면 어떤 표정으로라도 얼굴이 변할 것이다.

"그럼 곤삼이로군?"

그러자 두 놈의 표정이 눈에 띄게 흔들렸다. 한 놈은 '으어……' 하는 이상한 소리까지 냈다.

슥―

화운룡은 일어나서 몸을 돌려 주루 밖으로 나갔다.

숙빈이 따라 나와서 물었다.

"조금만 더 다그치면 실토할 것 같은데 왜 그냥 가는 거지?"

"알아냈느니라."

"누군데?"

"곤삼."

"확실해?"

"내 목을 걸어도 좋으니라."

자신의 목을 걸겠다는데 숙빈은 더 할 말이 없다.

사실 주루에 있는 두 명은 누가 납치범인지 정확하게 모르고 있다. 다만 누가 했을 것이라고 짐작은 하고 있었다.

간단하다. 갑자기 돈을 펑펑 쓰는 놈이 바로 납치범이다.

이 바닥에서 그런 중대한 범죄의 짐작이라는 것은 틀리는 경우가 없으며 화운룡이 제대로 정곡을 찌른 것이다.

"만약 곤삼 아니면 네 목은 내 거다?"

"좋도록 하려무나."

숙빈이 걸음걸이가 위태로운 화운룡의 팔을 잡으며 슬쩍 인상을 썼다.

"노인네 말투 자꾸 쓸 거지?"

"버릇이 돼서……."

"무슨 버릇? 노인네 버릇?"

"아니… 얼마 전부터 고서를 탐독했더니 나도 모르게……."

숙빈은 그림자가 길어진 늦은 오후의 거리를 쳐다보았다.

"어디 가는 거야?"

"곤삼한테."

숙빈은 다시 한번 확인했다.

"나 절대로 도와주지 않을 거야."

"그래, 조금 전처럼 아무것도 하지 마라."

조금 전 주루 안에서 숙빈은 화운룡을 전혀 돕지 않았다.

그렇지만 건달들은 숙빈의 존재만으로도 잔뜩 겁을 먹었으며 그녀가 화운룡의 정혼녀라는 사실을 알기 때문에 그에게 고분고분했던 것이다.

화운룡은 숙빈에게 아무것도 하지 말라면서 그녀를 적절하게 이용하여 최대한 도움을 받은 것이다.

그걸 아는 숙빈은 화운룡을 슬쩍 쳐다보았다.

"여우 같아."

"잘생긴 여우지."

"아유… 말이나 못하면……."

숙빈은 입을 삐죽거렸지만 화운룡이 조금도 밉지 않았다. 아니, 밉기보다는 오히려 꽤나 매력적이라서 없던 호감마저 생기는 것 같았다.

화운룡의 지금 이런 모습이 얼마 전까지의 개망나니보다는 천만 배는 낫다.

어째서 이렇게 썩 괜찮은 남자가 그처럼 개차반이었는지 아무리 생각해도 모를 일이다.

화운룡은 곤삼이 있는 곳이라면 손금을 보는 것처럼 훤하게 알고 있기 때문에 여기저기 돌아다닐 필요가 없었다.

화운룡이 곤삼 같은 건달 놈들에게 꼼짝도 못하는 것은 힘이 없어서이지 머리가 나쁘기 때문이 아니었다.

곤삼은 얼마 전에 반반한 젊은 과부 하나를 물어 그녀 집에서 살림을 시작했다.

그 사실을 알고 있는 사람은 극소수이며, 그중에 화운룡도 속해 있다.

그리고 화운룡을 제외한 그들 극소수가 아마도 화운룡을 납치한 납치범들일 것이다.

골목 안으로 들어가 막다른 곳에서 두 번째 집 문 앞에 멈추자 숙빈이 문을 쳐다보았다.

"여기야?"

화운룡이 고개를 끄떡이자 그녀가 또 물었다.

"몇 놈이지?"

"세 놈일 거야."

"그놈들 봤어?"

"보진 않았지만 본 것처럼 훤해."

곤삼은 언제나 주필, 양덕하고만 어울린다. 성격이나 하는 짓들이 비슷하기 때문이다.

무림인도 아닌 주제에 자기들끼리 태주삼웅이라는 별호까지 만들었을 정도다. 그러니까 화운룡을 납치한 것도 그 세 놈 짓이 거의 확실했다.

"그놈들을 어떻게 할 건데?"

"죽일 거야."

"누가? 네가?"

화운룡은 고개를 끄떡이고 나서 문 옆의 담을 넘으려고 두 팔을 위로 뻗고 힘껏 도약을 했다.

탁!

그러나 담의 높이가 일 장 정도 되는데 그의 두 손은 담 위를 잡지도 못했다.

육 척 세 치의 큰 키라서 두 손을 위로 뻗으면 손끝까지 팔 척이 훨씬 넘는다.

일 장이 십 척이니까 그가 약간만 도약할 수 있다면 담 윗부분을 충분히 잡고도 남을 텐데 몇 번이나 시도하면서도 번번이 실패했다.

보다 못한 숙빈이 그를 들어 올려서 두 손이 담 위를 잡을 수 있도록 해주었다.

그를 돕지 않겠다고 말했지만 이런 걸 보면 그녀 스스로 답답해서 견딜 수가 없다.

그렇지만 화운룡은 담 위로 기어오르려고 방아깨비처럼 바둥거리다가 땅에 떨어졌다.

'저런 약골이 어디에 있을까?'

숙빈이 보고 있자니 한심하기 짝이 없다.

그녀가 보기에 저대로 놔두면 화운룡 혼자 힘으로는 절대로 담을 넘지 못할 것 같았다.

저런 약골이라면 설사 담 위에 올라갔다고 해도 담 너머 아래로 뛰어내리다가 다리가 부러지기 십상일 것이다.

숙빈은 화운룡과의 내기에서 이기고 싶지만 그보다는 납치범들을 꼭 잡고 싶었다.

그녀는 화운룡의 한쪽 팔을 잡고 위로 훌쩍 솟구쳤다가 한 손으로 담 위로 살짝 짚고는 간단하게 담을 넘어 마당에 가볍게 내려섰다.

"어……"

화운룡이 중심을 잡지 못하고 비틀거리자 재빨리 그를 부축하는 것도 잊지 않았다.

화운룡은 숙빈의 손을 뿌리쳤다.

"날 돕지 말라고 했잖느냐?"

숙빈은 담을 가리키며 어이없는 표정을 지었다.

"내가 돕지 않았으면 너는 아직도 담 밖에서……"

"어쨌는 나 혼사 힐 테니까 너는 돕지 말아야 하느니라"

"또 노인네처럼 니라, 니라……"

"뭐라고 했느냐?"

"노인네라고 했어."

"아… 그거."

화운룡은 빨리 말투를 고쳐야겠다고 생각하면서 마당을 가로질러 본채 쪽으로 걸어갔다.

문은 잠겨 있지 않아서 화운룡과 숙빈은 아무런 방해를 받지 않고 본채 안으로 당당하게 걸어 들어갔다.

안쪽에서 남녀가 웃고 떠드는 말소리가 크게 들렸다.

화운룡은 목소리의 주인이 곤삼과 젊은 과부라는 것을 듣는 순간 알아차렸다.

이 집을 알고 있는 사람은 곤삼과 주팔, 양덕, 이른바 태주 삼웅과 화운룡이 전부다.

그들은 자주 이곳에 놀러 와서 술을 마셨으며 취할 때는 자고 가기도 했다.

곤삼과 과부는 뭐가 그리 좋은지 킬킬거리면서 웃고 떠드 느라 화운룡과 숙빈이 방으로 가깝게 다가오는 것을 까맣게 모르고 있었다.

화운룡은 문밖에서 잠시 서서 안쪽의 대화를 듣다가 갑자 기 벌컥 문을 열고 안으로 들이닥쳤다.

척!

"허엇!"

"앗!"

곤삼과 과부는 화들짝 놀라서 문 쪽을 쳐다보았다.

그런데 안으로 들어서고 있는 화운룡과 숙빈은 그들보다 더 놀랐다.

침상에서 두 남녀가 방만한 자세로 퍼질러 앉아 술을 마시 고 있었기 때문이다.

뒤따라 들어온 숙빈은 급히 몸을 돌려 외면했다.

"앗!"

그러나 들어오면서 무의식중에 얼핏 본 남녀의 알몸이 숙빈 의 망막에 어른거리면서 지워지지 않았다.

침상 위에 있는 남녀는 곤삼과 과부였다. 나란히 앉은 그들은 앞에 놓인 쟁반의 술과 요리를 먹고 있다가 화운룡의 방문을 받은 것 같았다.

곤삼과 과부는 음탕한 짓거리를 하다가 너무 놀란 나머지 그대로 석상처럼 굳어버렸다.

"너… 너……!"

곤삼은 화운룡을 보면서 극도로 경악하며 말을 잇지 못했다.

온몸을 꽁꽁 묶고 쇳덩이까지 매달아서 율하 깊은 강물에 빠뜨린 화운룡이 멀쩡한 모습으로 눈앞에 불쑥 나타났으니 놀라자빠질 일이었다.

*   *   *

화운룡은 천천히 걸어가서 침상 앞에 멈췄다. 그의 얼굴은 돌처럼 차갑게 변해 있었다.

"내가 죽지 않아서 놀랐느냐?"

"잡룡, 너… 대체 어떻게……"

숙빈은 언제까지나 외면하고 있을 수만은 없어서 다시 고개를 돌려 곤삼 쪽을 쳐다보았다.

'엄마야……'

은월한설이란 아호에 어울리지 않게 그녀는 남녀의 모습을 보고 내심 비명을 질렀다.

외면하려던 그녀는 입술을 깨물었다. 천하의 약골 화운룡이 침상 앞에 서 있고, 두 걸음 앞에 잔인하고 비열한 건달 곤삼이 있는데 그녀가 돌아서 있는 동안 곤삼이 무슨 짓을 저지를지 모르는 일이다.

그녀는 두 눈에 잔뜩 힘을 주고 이를 악물었지만 자꾸 남녀의 그곳에 시선이 가는 것을 어쩌지 못했다.

"곤삼, 내려와서 무릎을 꿇어라."

곤삼의 시선이 숙빈에게 향했다.

숙빈이 눈을 부릅뜨고 이를 부드득 갈자 곤삼은 후드득 몸을 세차게 떨었다.

"으흐흐……"

하지만 숙빈은 남녀의 불쾌한 모습 때문에 어떻게든지 그걸 견뎌내려고 눈을 부릅뜨고 이를 간 것이지 다른 뜻이 있어서가 아니다.

곤삼 같은 위인이 형산은월문 소문주인 숙빈을 모를 리가 없다. 그는 그녀가 얼마나 살벌한지에 대해서도 잘 알고 있기 때문에 몸을 벌벌 떨면서 무릎으로 기어 침상 아래로 내려와 무릎을 꿇었다.

"오… 옷을 입어라!"

숙빈이 발작적으로 외치자 곤삼은 화들짝 놀랐다가 슬그머니 일어나서 저쪽에 벗어놓은 옷을 향해 엉금엉금 기어갔다.

그러면서 그는 숙빈이 현재 당황하고 있다는 사실을 간파했다.

숙빈은 과부를 가리켰다.

"너도!"

"네… 넷!"

과부는 소스라치게 놀라며 침상에서 한 자나 튀어오를 정도로 펄쩍 뛰었다가 허둥지둥 기어서 침상 아래로 내려왔다.

얼마 전까지만 해도 화운룡은 이 과부를 형수라고 부르면서 말 잘 듣는 강아지처럼 꼬리를 흔들었다.

그러나 잡룡 때의 일이지 십절무황은 아니다.

과부는 너무 겁을 먹은 탓에 일어서지도 못하고 엉금엉금 기어서 곤삼이 옷을 갈아입는 곳으로 갔다.

그런데 그녀를 눈으로 좇던 숙빈은 너무 놀라서 하마터면 비명을 지를 뻔했다.

기어가고 있는 과부의 모습이 너무 꼴불견이라서 얼굴이 뜨거워졌기 때문이다.

그런데 화운룡이 그녀 쪽을 계속 주시하고 있는 걸 보고 숙빈은 손을 뻗어 그의 옆구리를 꼬집었다.

"아……."

살점이 뜯겨지는 것처럼 아파서 그가 돌아보자 숙빈이 사나운 표정으로 속삭였다.

"어딜 보는 거야?"

"무슨 소리야?"

"저 여자 보고 있잖아."

화운룡은 여자 쪽을 다시 쳐다보고는 숙빈이 왜 그러는지 깨닫고 실소를 흘렸다.

사실 그는 여자의 모습 같은 것은 눈에 들어오지도 않았다.

팔십사 세를 살아오면서 그런 걸 한두 번 봤겠는가. 아니, 그보다 더한 광경도 숱하게 봤다.

중요한 것은 그런 걸 봐도 아무런 감흥이 일어나지 않는다는 사실이다.

마음이 가야지만 감흥이 일어나는 법인데 저따위 창부 같은 과부에게는 마음이 가지 않으니까 감흥이 일어나지 않는 것은 당연하다.

옷을 입으면서 계속 눈치를 보고 있던 곤삼은 숙빈의 약점을 찾아냈다. 그녀가 벌거벗은 모습을 제대로 쳐다보지 못한다는 사실을 알아낸 것이다.

곤삼은 항상 옷 속에 지니고 다니는 짧은 단검을 찾아내서 보이지 않게 움켜쥐고는 과부에게 눈짓을 보냈다.

곤삼의 뜻을 알아차린 과부는 부스스 일어서더니 쭈뼛거리면서 화운룡과 숙빈 쪽으로 걸어왔다.

살집이 있어서 투실투실한 그녀가 몸을 가리지도 않은 채 다가오자 숙빈은 화들짝 놀라 급히 외면했다.

"뭐, 뭐냐?"

그 순간 기회를 노리고 있던 곤삼이 재빨리 몸을 날려 화운룡을 낚아채더니 뒤에서 팔로 목을 조르며 다른 손의 단검으로 그의 목을 찌를 듯이 겨누었다.

"헛!"

화운룡은 깜짝 놀라서 반사적으로 버둥거렸지만 약골인 그로서는 큰 체구에다 힘이 장사인 곤삼의 억센 팔뚝에는 당해낼 재간이 없었다.

곤삼은 화운룡의 목에 단검을 대고 야비한 표정으로 숙빈을 협박했다.

"흐흐흐… 소문주, 잡룡의 목에 구멍이 뚫리는 걸 보고 싶지 않으면 얌전히 있으시오."

"네놈이 감히!"

숙빈은 발끈해서 재빨리 오른손으로 어깨의 검파를 잡았다.

"어허! 이놈을 찌르겠다니까 그러는군."

곤삼은 아주 느긋했다. 이어서 그는 그 자세대로 화운룡을 끌고 뒷걸음질 쳐서 문으로 향했다.

"소문주께선 거기 서 계시는 게 좋을 거요."

과부는 침상 옆에 서서 곤삼을 쳐다보며 울상을 지었다.

"여보……."

그러나 곤삼은 과부에게 눈길조차 주지 않았다. 그녀가 어찌 되든 상관이 없다는 뜻이다. 곤삼 같은 잡배로선 충분히 그럴 수 있는 행동이다.

그러나 숙빈이 느릿하게 화운룡을 향해 걸어가자 곤삼은 그 자리에 멈추며 발작할 것처럼 외쳤다.

"이놈이 죽는 꼴을 보고 싶다는 것이냐?"

숙빈은 걸음을 멈추지 않고 싸늘한 얼굴로 말했다.

"그가 죽는 것이 나하고 무슨 상관이냐?"

"이놈은 너의 정혼자가 아니냐? 목이 잘라져서 죽어도 좋다는 뜻이냐?"

숙빈은 차갑게 코웃음을 쳤다.

"너는 내가 저런 개망나니를 얼마나 수치스럽게 여기는지 알고 있을 것이다. 그러니까 네가 그를 죽여준다면 나로서는 그저 고마울 따름이지."

"어어……."

곤삼은 당황해서 주춤거렸다. 숙빈의 말대로 그녀가 정혼자인 개망나니 화운룡을 수치스럽게 여긴다는 사실은 태주현 사람이라면 다 알고 있다.

그러나 화운룡은 숙빈이 수를 쓰고 있다는 사실을 간파했다. 그녀가 화운룡이 죽기를 바랄 리가 없다. 그런 말로 곤삼을 당황시켜서 자세를 흩뜨려놓은 후에 급습하자는 것이었다.

과연 당황한 곤삼의 자세가 흐트러지면서 화운룡의 목을 찌르듯이 겨누었던 단검이 아래로 쳐졌다.

화운룡은 자신보다 키가 반 뼘쯤 작고 몸집이 퉁퉁한 곤삼의 체구를 머릿속에 그렸다.

다음 순간 그는 곤삼의 오른쪽 옆구리 양문혈(梁門穴)이라고 짐작되는 부위를 팔꿈치로 힘껏 찍었다.

쿡…….

"흐윽!"

중요 대혈 중에 하나인 양문혈은 살짝 건드리기만 해도 균형이 무너지고 조금이라도 힘을 가하면 한순간 숨이 막혀서 꼼짝도 못한다.

그러므로 화운룡이 아무리 약골이라고 해도 곤삼의 양문혈을 힘을 가해서 정확하게 찍었으므로 그는 한순간 숨이 막히면서 몸이 굳어버렸다.

화운룡은 곤삼을 향해 빙글 몸을 돌리면서 주먹을 말아 쥐고 손가락의 뾰족한 부위로 곤삼의 오른쪽 빗장뼈 아래 기호혈(氣戸穴)과 목의 인영혈(人迎穴)을 연달아 찍었다.

타탁…….

"끄윽……."

원래 양문혈과 기호혈, 인영혈은 중요 대혈이지만 그것들을 연달아 찍으면 즉사하고 마는 사혈(死穴)이 되며, 그것은 무림인들은 알지 못하는 매우 고명한 점혈수법이다.

쿵!

"끄으……."

쨍…….

곤삼은 그 자리에 무릎을 꿇으면서 단검을 떨어뜨렸다.

그러더니 픽, 하고 옆으로 무너지듯 쓰러지고는 낯빛이 거무스름하게 변하면서 가쁜 숨을 몰아쉬었다.

공력이 없는 화운룡이라고 해도 웬만큼 세게 혈도를 찍었다면 곤삼이 즉사했겠지만 워낙 약골이라서 곤삼은 당장 죽지 못하고 오장육부가 찢어지는 고통을 맛보게 되었다.

"끄으으… 제발… 죽여줘……."

얼마나 고통스러운지 그는 헐떡거리면서 몸을 푸들푸들 떨어대는가 싶더니 잠시 후에 온몸이 축 늘어지면서 마침내 숨이 끊어졌다.

곤삼의 자세가 흐트러지면 급습을 가하려던 숙빈은 갑작스러운 상황에 놀라움을 금치 못했다.

"어… 떻게 한 거야?"

"사혈을 눌렀느니라."

"사혈을……. 그런 것도 알아?"

화운룡은 가슴을 활짝 펴면서 으스댔다.

"노부에게 그 정도는 아무것도 아니다."

"노부?"

화운룡은 당황했다.

"아… 아니. 나 말이야, 나."

숙빈은 죽은 곤삼을 자세히 살피고 나서 중얼거렸다.

"정말 죽었어."

숙빈은 일어나서 화운룡을 보며 놀라움을 감추지 못했다.

"정말 이자의 사혈을 찍은 거야?"

"아냐. 그 자세에서는 사혈을 찍을 수가 없었다."

화운룡은 스무 살 말투를 사용하느라 애썼다.

"그랬을 거야. 그런데 어떻게 한 거지?"

혈도에 대해서 웬만큼 아는 숙빈은 궁금증이 먹구름처럼
뭉클뭉클 일었다.

그녀가 알기로는 조금 전 상황에서 화운룡은 절대로 곤삼
의 사혈을 찍을 수가 없었다.

"그보다 너."

화운룡은 숙빈 앞에 서서 엄한 표정을 지었다.

"곤삼이 나 같은 개망나니를 죽여준다면 너로서는 그저 고
마울 따름이라고?"

"아… 그건……."

조금 전에 숙빈이 곤삼을 방심하게 만들려고 마음에도 없

는 말을 했던 것을 화운룡이 들춰낸 것이다.

숙빈은 자신이 일부러 그랬다는 것을 화운룡이 다 알면서
도 딴죽을 걸자 아예 한 걸음 더 나갔다.

"고맙기만 하겠어? 곤삼이 그렇게만 해주었다면 나는 그를
살려주었을지도 몰라."

화운룡은 숙빈의 장난에 빙긋 미소로 넘겼다.

"어쨌든 고맙다."

"뭐야? 재미없게."

숙빈은 화운룡이 발끈할 줄 알았는데 외려 미소 지으며 고
맙다고 하자 맥이 빠졌다.

그녀는 열 살 이후부터 화운룡하고 거의 어울리지 않아서
그의 성격을 잘 모른다.

하지만 대부분의 스무 살, 특히 남자들은 자존심이 강해서
방금 전 같은 상황에서는 참지 못하고 폭발하는데 화운룡은
전혀 딴판이었다.

마치 수양심이 깊은 승려나 도사, 아니면 산전수전 두루 겪
은 세상 다 살아본 노인네 같았다.

第五章

태자천심운(太紫天深運)

해남비룡문이 발칵 뒤집혔다.

문주 부부와 가족들, 그리고 문하 제자 이십여 명은 모두 비룡전(飛龍殿) 앞에 서 있는 한 대의 수레 주위에 모여 있었다.

소 한 마리가 끌고 온 수레에는 세 구의 시체가 나란히 누워 있으며 사람들은 그 시체들이 누구라는 것을 알고는 혼비백산하고 말았다.

아버지 화명승은 시체들을 자신의 눈으로 보면서도 믿어지지 않는다는 표정을 지었다.

"용아, 이들이 정말 납치범들이라는 말이냐?"

숙빈과 나란히 서 있는 화운룡은 담담한 표정으로 공손히 대답했다.

"그렇습니다."

화운룡은 시체들을 하나씩 가리켰다.

"이자가 곤삼, 그리고 주팔, 양덕입니다."

어머니와 누이들은 시체들을 한번 보고는 기겁해서 비명을 지르며 우르르 멀찌감치 물러섰다.

아버지는 시체들을 하나씩 살피더니 화운룡과 숙빈을 쳐다보면서 감정을 억누르며 말했다.

"용케 찾아냈구나."

"운이 좋았습니다."

아버지는 의기양양해서 자랑하지 않고 겸손한 모습이 매우 흡족했다.

"빈아가 애썼구나."

"아니에요, 아버님. 소녀는 아무것도 한 게 없어요."

"뭣이라? 한 게 없어?"

아버지를 비롯한 모두는 이 일을 숙빈이 주관했을 것이라고 믿었다.

화운룡이 비록 어제와 오늘 정신을 차린 듯한 모습을 보이고 있기는 하지만 이 정도 일을 처리할 만한 재주나 능력은 당연히 없다고 생각했다.

이 일에 대해서 화운룡은 단지 자신과 어울리는 건달패나 하오배들이 누구라고 지목만 했을 뿐이고, 결정적으로 숙빈이 솜씨를 발휘했다고 말해야지만 이치에 합당하다.

숙빈은 진지한 표정으로 설명했다.

"소녀는 그저 용 오라버니를 따라다니기만 했을 뿐 손가락 하나 까딱하지 않았어요. 정말이에요. 심지어 이들을 죽인 것도 용 오라버니 솜씨예요."

아버지는 소스라치게 놀랐다.

"……"

그가 쳐다보자 숙빈은 차분하게 설명했다.

"소녀는 지켜보기만 했고 용 오라버니가 저자들의 혈도를 찍어서 죽였어요."

"빈아, 너 그걸 말이라고 하는 것이냐? 나를 놀라게 하려는 것이라면 나는 이미 충분히 놀랐단다."

"소녀가 드리는 말씀은 추호의 거짓이 없어요."

아버지는 화운룡에게 마지막 확인을 했다.

"용아, 빈의 말이 사실이냐?"

"그렇습니다."

"아아……"

이건 절대로 믿을 수 없는 일이지만 숙빈이 거짓말을 할 리가 없다. 그러니 이런 상황에서는 믿지 않을 수가 없었다.

아버지는 고개를 끄떡이며 신음 소리를 냈다.

"그랬다는 말이지?"

"네, 아버지."

조금 전까지 화운룡은 곤삼과 주팔, 양덕을 어떻게 죽였는지에 대해서 부친에게 설명했다.

"그런 점혈수법이 있다는 건 금시초문이다."

"그렇습니다."

"점혈수법 이름이 무엇이냐?"

탁자에는 화운룡과 숙빈, 그리고 맞은편에는 아버지와 큰누나의 남편, 즉 큰매형이 앉아 있었다.

"격공금룡수(隔空擒龍手)라고 합니다."

이 점혈수법은 십절무황 화운룡이 육십삼 세 때 창안했었다.

"격공… 이라면 설마 허공을 격하여 시전하는 수법이라는 것이냐?"

"그렇습니다."

"그게 가능한 일이냐?"

아버지뿐만 아니라 숙빈과 큰매형 모두 크게 놀랐다. 허공을 격하여 상대의 혈도를 점하려면 지풍(指風)을 전개해야만 가능하기 때문이다.

무림에서 절대적 다수의 무림인은 그저 무기나 주먹, 발로
서 직접 상대의 몸을 찌르거나 베고 때리는 방법을 바탕으로
싸움을 한다.

그리고 절정고수라고 불리는 극소수, 그러니까 전체 무림인
을 백만 명이라고 친다면 그중에 천 명 정도가 절정고수라고
할 수 있는데 그들 정도 돼야지만 허공을 격하는 격공술을
사용할 수 있다.

즉, 상대의 몸에 직접 무기나 신체 일부가 닿지 않고서도 내
공을 발출하여 상대를 죽이거나 제압하는 수법을 격공술이라
고 한다.

그런데 방금 화운룡이 바로 그 격공을 말한 것이니 아버지
등이 놀랄 수밖에 없었다.

"용아, 네… 가 격공을 한다는 말이냐?"

"아닙니다. 다만 소자가 그걸 배웠다는 뜻입니다."

"그래……."

화운룡은 차분하게 설명했다.

"예전에 저는 우연히 얻은 고서에서 격공금룡수라는 수법
을 읽고 심심풀이로 익혔는데 그 수법을 이번에 요긴하게 써
먹게 될 줄은 몰랐습니다."

"그러니까 격공이 아니더라도 가능하다는 말이구나."

"그렇습니다."

격공금룡수라는 것에 지대한 관심을 갖게 된 숙빈이 눈을 초롱초롱 빛내면서 물었다.

"용 오라버니, 격공금룡수는 몇 초식이야?"

"격공금룡수는 초식이 없고 수(手)라고 하는데 총 십팔 수가 있어. 하나의 수가 적게는 세 개, 많게는 다섯 개의 변화가 들어 있지."

"보여줄 수 있어?"

숙빈이 그렇게 말한 데에는 두 가지 목적이 있다. 화운룡이 한 말의 진위 여부를 확인하려 하는 것과 무인(武人)으로서의 호기심이 그것이다.

그녀는 자신의 이러한 요구에 어쩌면 화운룡이 당황할지도 모른다고 예상했다.

그가 격공금룡수를 진짜로 배웠다고 해도 어설프게 배웠을 테니 부친이나 정혼녀 앞에서 시전하는 것이 부끄러울 것이고, 만약 배웠다는 말이 거짓말이라면 당연히 당황할 것이니까 말이다.

화운룡은 아버지를 쳐다보았다. 아버지가 허락하시면 하겠다는 뜻이다.

숙빈이 하랬다고 벌떡 일어나서 촐싹거리지 않고 예의범절에 어긋나지 않게 아버지의 허락을 기다렸다.

그런 행동만으로도 흡족해진 아버지가 약간의 염려를 담아서 물어보았다.

"할 수 있겠느냐?"

"허락하시면 한번 해보겠습니다."

아들이 언제 이렇게 반듯한 사람으로 변했는지 아버지는 아들이 격공금룡수라는 것을 잘하든 못하든 그저 가슴이 벅찰 뿐이다.

"해보아라."

화운룡은 망설임 없이 일어나 탁자 옆 너른 곳으로 나와 아버지에게 포권을 했다.

"미거한 재주이니 보시고 꾸짖지 마십시오."

'허허… 이 녀석.'

아버지는 그저 흐뭇할 뿐이다. 며칠 전까지만 해도 아들에 대해서 생각하는 것 자체가 짜증 나는 일이었는데 이제는 아들을 쳐다보기만 해도 기분이 좋아졌다.

"조심해라."

아버지는 따스한 한마디를 잊지 않았다.

아버지나 숙빈은 물론 큰매형마저도 화운룡이 격공금룡수라는 금시초문의 점혈수법을 흉내나 제대로 내면 다행이라고 생각할 만큼 전혀 기대하지 않았다.

"잠깐."

숙빈이 일어나 화운룡 앞으로 갔다.

"그냥 허공에 대고 하는 것보다는 상대가 있는 편이 수월하지 않겠어요?"

허우대 좋은 큰매형이 일어섰다.

"내가 하겠소."

그는 태주현 삼류 무도관의 아들로서 반도정(班道正)이라는 이름이고 올해 이십구 세이며 해남비룡문에서 총관의 지위를 맡고 있다.

비록 몰락한 문파지만 그는 개의치 않고 어떻게든 해남비룡문을 일으키려고 최선을 다하는 뜨거운 피를 지닌 사람이었다.

"아니, 제가 할게요."

숙빈은 비키지 않고 화운룡 세 걸음 앞에 오도카니 섰다.

"시작해."

화운룡은 숙빈을 응시하면서 두 팔에서 힘을 빼려는 듯 가볍게 흔들었다.

격공금룡수는 그가 창안했기 때문에 만드는 과정에 수백 번도 더 전개했으므로 머릿속으로 구결을 외운다든지 자세를 취할 필요도 없다.

그러나 문제는 다시없을 약골인 육십사 년 전 화운룡의 몸뚱이가 따라줄 것인가 하는 것이다.

생각 같은 것은 하지 않는다. 그저 생각이 가는 대로 몸이 따라와 주기를 바랄 뿐이다.

아버지와 큰매형은 별로 기대하지 않지만 그래도 적잖이 긴장되는 마음을 어쩌지 못했다.

스읏……

그때 화운룡이 왼발을 앞으로 내밀면서 미끄러지듯이 숙빈에게 다가가며 두 손을 들어 올렸다.

원래는 제자리에서 손목만 이리저리 뒤집어서 지풍을 쏘아내던 것이었으나 지금은 내공이 한 움큼도 없으니까 몸을 직접 움직여야만 한다.

숙빈은 화운룡이 부딪칠 것처럼 다가오자 움찔했으나 물러서지 않고서 눈도 깜빡이지 않고 지켜보았다.

휘익!

화운룡의 오른손이 뻗어나가 숙빈의 가슴으로 향했다.

원래 인체에는 십대사혈(十大死穴)이라는 것이 있으며 거길 무기나 공력이 실린 손가락으로 찍으면 즉사한다.

그렇지만 공력 없이 상대를 죽이려면 사혈을 있는 힘껏 강하게 가격해야만 한다.

십대사혈은 싸움 중에 찌르거나 때리기 어려운 부위에 감추어져 있다.

이를테면 사타구니 회음혈(會陰穴)이나 정수리의 백회혈(百會

穴), 왼쪽 겨드랑이 견정혈(肩貞穴), 뒤통수의 아문혈(瘂門穴) 등인데 상대가 무방비 상태거나 때리라고 가만히 있기 전에는 공격하기가 쉽지 않은 부위다.

그래서 만든 것이 격공금룡수 십팔수다. 한 곳만 때리면 별 효과가 없지만 두 곳이나 서너 곳을 동시에 건드리면 사혈이 되는 이른바 병합사혈(倂合死穴)이다.

＊　　　　＊　　　　＊

스슷… 슷.

화운룡은 주먹을 쥐어 중지를 뾰족하게 내밀어 숙빈의 정면으로 바싹 다가서며 정권치기로 그녀의 오른쪽 가슴의 신장혈(神藏穴)을 힘껏 내질렀다.

여자의 신장혈은 가슴의 한복판, 그보다도 더 윗부분이라 숙빈은 반사적으로 움찔했다.

"아……."

팍!

그러나 화운룡의 주먹은 그녀의 몸 반 뼘 앞에서 뚝 멈추었다.

스웃—

이어서 그는 그녀의 오른쪽으로 스치듯 지나면서 어깨의

거골혈(巨骨穴)과 뒤쪽 어깨 천종혈(天宗穴)을 연이어서 주먹으로 때리는 시늉을 하고는 그녀의 뒤로 돌아갔다.

"제일수(一手)였습니다!"

이번에 화운룡은 서 있는 숙빈의 뒤에서 신주(身柱), 신당(神堂), 귀문혈(鬼門穴)을 때렸다. 물론 주먹이 그녀의 몸에 닿지 않았다.

"제이수(二手)입니다!"

다시 숙빈의 왼쪽으로 돌아가기 직전에 경문(京門), 회양(會陽)을 때리고 돌아 나가면서 환도혈(環跳穴)을 때렸다.

탁!

그런데 거리 조절을 잘못했는지, 멈추는 것이 늦었는지 그의 주먹이 숙빈의 회양혈을 때리고 말았다.

"흐윽……!"

갑자기 숙빈이 무릎을 꺾으면서 그 자리에 무너지듯이 풀썩 무릎을 꿇었다.

쿵!

회음혈은 사타구니 음부와 항문 사이에 있으며 회양혈은 회음혈에서 바깥쪽으로 반 뼘 거리인 엉덩이 아래쪽에 있다. 바깥으로 드러나 있어서 사혈이나 대혈은 아니더라도 맞으면 한순간 기력이 흩어지고 하체가 마비된다.

숙빈이 쓰러졌지만 기진맥진한 화운룡은 그녀를 일으키지

못하고 헐떡거렸다.

"헉헉헉… 빈아……."

격공금룡수를 겨우 삼초식 전개하고는 탈진해서 당장에라도 쓰러질 것만 같았다.

역시 약룡이다.

그래도 그는 숙빈에게 비틀거리며 다가가서 그녀 옆에 털썩 주저앉았다.

"빈아… 괜찮으냐……?"

"아아… 엉덩이가 떨어져 나가는 것처럼 아파……."

그럴 것이다. 화운룡이 조금만 더 세게 쳤으면 숙빈은 내일 아침까지 일어나지 못할 것이다.

아버지는 격동에 차서 거의 외치듯이 말했다.

"용아, 아비에게 격공금룡수를 가르쳐다오……!"

"나… 나도 가르쳐 주게, 처남!"

의자에 앉아서 얼굴을 찡그린 채 엉덩이를 문지르고 있는 숙빈이 끙끙거렸다.

"으음… 나를 이 지경으로 만들어놓고 모른 체한다면 다시는 용 오라버니를 안 볼 거야."

화운룡이 숙빈을 진맥했을 때 그녀의 자질은 중상 수준에 속했다. 호위무사로 삼은 전중과 같았다.

아버지와 큰매형은 둘 다 중하의 자질이어서 격공금룡수를 배우는 데 있어서 숙빈의 진전이 가장 빨랐다.

화운룡이 가르치느라 녹초가 됐을 때쯤 숙빈이 격공금룡수를 완성했다.

제대로 완성했다는 것이 아니라 겨우 가는 길 정도를 외웠다는 뜻이다.

오랫동안 사용하지 않아서 먼지가 수북하게 쌓인 연공실 바닥에 화운룡은 길게 누워서 아버지와 큰매형이 숙빈에게 동작을 배우는 광경을 물끄러미 지켜보았다.

화운룡의 입가에 흐뭇한 미소가 떠올랐다. 무공에 소질이 없어서 지난 몇 년 동안 연공실에 들어와 본 적이 없었던 부친이 땀을 뻘뻘 흘리면서 큰매형과 함께 격공금룡수를 배우는 모습이 보기 좋았다.

아버지와 큰매형은 화운룡의 기억 속에서 장장 육십사 년 동안 죽은 사람으로 취급됐다.

그랬던 두 사람의 살아 있는 모습을 다시 본다는 것, 더구나 화운룡이 가르쳐 준 무공을 열심히 수련하는 그들을 본다는 것은 감개무량했다.

화운룡이 보기에 숙빈은 한 달, 아버지와 큰매형은 두어 달 정도 부지런히 수련하면 격공금룡수를 실전에서 어설프게나마 써먹을 수 있을 것이다.

'후후… 격공금룡수라는 이름 대신 격타금룡수라고 해야겠
군.'

기분이 몹시 좋아진 아버지는 본채인 운영각(雲影閣)에서 작
은 연회를 열었다.

부모님과 네 명의 누이들, 그리고 큰매형과 작은매형, 화운
룡과 숙빈까지 둥글고 커다란 탁자에 둘러앉아서 마음껏 먹
고 마셨다.

아버지는 사십팔 세가 된 이날까지 오늘처럼 기쁜 날이 없
다는 말을 반복하면서 시종일관 웃음을 잃지 않았다.

아버지의 호탕한 웃음소리가 내전을 쩌렁쩌렁하게 울렸으
며, 너무 기쁜 나머지 어머니는 연신 눈물을 흘렸다. 어머니는
기뻐도 울고 슬퍼도 운다.

아버지는 오늘 무슨 일이 있었는지 누가 묻지 않았는데도
가족들에게 큰 소리로 장황하게 자랑스럽게 설명했다.

가족들은 예전에는 아버지의 그런 모습을 한 번도 본 적이
없었다. 그러고는 화운룡이 어떻게 납치범들을 찾아냈으며 또
한 그들을 죽였는지 모두에게 자세하게 설명하라면서 숙빈을
일으켜 세우기도 했다.

숙빈은 처음에는 쑥스러워했지만 설명을 시작하고 얼마 지
나지 않아서 손짓 발짓을 써가면서 생생하게 당시 상황을 설

명했다.

어머니와 네 명의 누이, 그리고 매형들은 손에 땀을 쥐면서 이야기를 듣다가 화운룡이 격공금룡수로 곤삼과 주팔, 양덕을 처치하는 대목에서는 와아! 하고 환호성을 터뜨렸다.

아버지는 화운룡의 어깨를 두드렸다.

"바로 그 격공금룡수를 오늘 용아에게 배웠다."

"저도 배웠습니다, 장인어른."

큰매형은 가슴을 두드리며 으스댔다.

아버지는 화운룡과 숙빈을 자신의 옆에 앉히고 수시로 술을 부어주면서 흐뭇한 미소를 지었다.

"빈아가 며느리가 된 것 같아서 정말 기분이 좋구나."

어머니가 그렇게 말했는데도 숙빈이 싫은 내색을 하지 않았기 때문에 다들 그녀가 이제는 화운룡을 싫어하지 않게 되었다고 여겼다.

숙빈이 화운룡을 부끄러워하고 싫어한다는 사실은 화운룡이 태주현 최고의 개망나니라는 사실만큼이나 잘 알려져 있었다.

어머니의 가장 큰 소원은 화운룡과 숙빈이 혼인하여 아들딸 많이 낳고 행복하게 사는 모습을 보는 것이다.

그러나 아버지의 소원은 달랐다. 그는 술자리가 파하기 전에 혼잣말처럼 중얼거렸다.

"우리 해남비룡문이 예전의 명성을 되찾기만 한다면 아버님에 대한 불효를 씻을 텐데……."

그것은 화운룡 들으라고 한 말이 아니다. 아버지는 아들에게 그런 엄청난 일을 바라지 않는다.

다만 오늘 밤에 너무 기분이 좋은 나머지 심중에 쌓인 한스러운 바람을 독백처럼 웅얼거렸을 뿐이다.

하지만 아버지의 말이 육십사 년 만에 돌아온 아들에겐 커다란 울림이 되어 가슴을 두드렸다.

화운룡은 오늘 여러 가지 일로 몹시 힘들고 피곤한 데다 술까지 마시는 바람에 녹초가 되었다.

약골인 그는 숙빈에게 거의 업히다시피 하여 자신의 거처인 운룡재로 돌아와 침상에 눕혀졌다.

숙빈은 침상에 누워 있는 화운룡을 굽어보며 엷은 미소를 지었다.

"백부님이 저렇게 좋아하는 모습은 처음 보는 것 같아."

"늘 오늘 같으셔야 하는데 내가 못나서 그렇지."

"용 오라버니, 어제하고 오늘 행동하는 거 보면 정말 사람 된 거 같아."

화운룡이 씁쓸하게 웃는 걸 보면서 숙빈은 넌지시 운을 뗐다.

"요즘 해룡상단이 매우 위태로운 거 알고 있어?"

"그게 무슨 소리지?"

화운룡은 피곤해서 죽을 것 같은 얼굴로 물었다.

"용 오라버니, 철사보 알지?"

숙빈의 말에 화운룡은 갑자기 정신이 번쩍 들었다.

"철사보가 왜?"

그는 누웠던 몸을 일으켜 앉았다.

그가 철사보를 왜 모르겠는가. 육십사 년 전 이월 십이 일, 그러니까 앞으로 칠 일 후에 해남비룡문을 멸문시키게 될 아의 집단이 바로 철사보다.

"해룡상단이 상례(常例: 상납금)를 바치지 않아서 철사보가 벼르고 있다는 거야."

"음."

육십사 년 전의 화운룡이라면 녹림(綠林)이 민생들로부터 상례를 받아 챙긴다는 사실 같은 건 알지도 못하고 관심도 없었겠지만 십절무황 화운룡은 세상일에 대해서라면 하나에서 열까지 모르는 게 없었다.

해남비룡문의 개 한 마리까지 깡그리 처참하게 몰살시킨 철사보에게 십절무황 화운룡이 복수를 한 것이 지금으로부터 오십사 년 전이다.

그는 혼자서 철사보를 피로 씻었으며 뒤이어 철사보가 속해 있던 장강수로채 녹림구련, 아니, 철사보를 제외한 녹림팔련을 반년에 걸쳐서 한 놈도 남기지 않고 모조리 죽였다.

그때 장강수로채는 풀 한 포기 남기지 못하고 패망했으며 그때 죽은 자가 삼천팔백여 명에 달했고 산지사방으로 뿔뿔이 흩어져 도망친 자들은 만오천여 명에 달했다.

그로써 녹림구련은 일패도지하여 오십사 년이 흐른 지금까지도 어느 누구 하나 부흥할 꿈조차도 꾸지 못하고 있다.

그때까지 장강수로채 녹림구련에게 매달 상례를 바치거나 이런저런 이유로 돈을 뜯겨왔던 일만 리 장강 유역에 기대어 사는 수백만 명의 상인은 일제히 만세를 부르면서 그때부터 화운룡 이름 석 자를 황제 이름보다 더 우러러보면서 존경했다.

그 당시에 화운룡은 철사보가 무슨 이유로 해남비룡문을 멸문시켰는지에 대해서는 자세하게 알지 못했다.

"태주현의 모든 상인이 상례를 바치는데 가장 규모가 큰 해룡상단이 나 몰라라 하니까 철사보는 오래전부터 해룡상단을 벼르고 있었다는 거야."

"아버지께선 왜 철사보에 상례를 바치지 않으시는 거지?"

물론 화운룡은 철사보 같은 녹림 무리에게 상례를 꼬박꼬박 바쳐야 하는 게 싫지만 아버지가 거부하는 이유가 궁금했다.

숙빈은 눈빛으로 화운룡을 꾸짖었다.

"그게 이제 궁금해졌어?"

화운룡은 할 말이 없어서 씁쓸한 표정을 지었다.

숙빈은 착잡한 얼굴로 말했다.

"철사보가 터무니없는 돈을 요구하기 때문이야. 해룡상단한테 매월 은자 십만 냥씩 상례로 바치라는 거야."

"뭐라고?"

듣고 보니까 기가 막혔다. 해룡상단의 월간 매출과 이익이 얼마인지 모르지만 매월 은자 십만 냥씩 상례로 바치라는 것은 날강도다.

"전에 우리 아버지가 하시는 말씀을 들었는데 해룡상단이 매월 은자 십만 냥씩이나 철사보에 상례로 바칠 바에는 그냥 상단을 접는 편이 더 낫다는 거야."

"그렇겠군."

매월 은자 십만 냥이면 일 년이면 백이십만 냥이다. 해룡상단은 강소성도 아니고 강소성 남부 지방도 아닌 그저 태주현 제일상단일 뿐이다.

강소성 남부 지방만 해도 태주현 크기의 현이 무려 오십여 개에 달한다.

그 오십여 개의 현들 중에 하나인 태주현을 해룡상단이 대표하는 것이라서 뭐 특별한 존재도 아니다.

그렇다면 강소성 남부 지방 장강 유역을 관장하는 철사보는 오십여 개 이상의 상단들 각자에게 적게는 은자 수만 냥에서 많게는 십만 냥 이상씩을 꼬박꼬박 받아오고 있다는 뜻이다.

오십사 년 전에 화운룡은 복수심에 불타서 철사보를 피로 썼지만 자세한 내용을 알려고 하지도 않았다.

"용 오라버니가 언제 한번 그 문제에 대해서 백부하고 대화를 해봐. 철사보에 상례를 바칠 것인지 아니면 해룡상단을 접을 것인지에 대해서 말이야."

"그러마."

화운룡은 문득 생각나는 것이 있어서 넌지시 물어보았다.

"빈아, 만약 철사보가 본 문을 괴멸시킨다면 너는 어떻게 하겠느냐?"

숙빈은 얼굴을 찌푸렸다.

"말만 들어도 끔찍해."

그녀는 진지한 표정을 지었다.

"만약 그런 일이 일어난다면 나는 아버지의 뜻에 따를 거야."

화운룡은 형산은월문의 문주이며 숙빈의 아버지인 조화곤(趙和坤)의 강직한 모습을 떠올렸다.

"내 생각에 아버지는 복수를 하실 거야."

해남비룡문주 화명승과 형산은월문주 조화곤은 어렸을 때부터 형제처럼 가까운 사이로 성장했다.

"덩치로나 세력으로나 철사보가 코끼리라고 한다면 형산은월문은 너구리다. 애초에 싸움 자체가 안 된다."

숙빈은 가볍게 코웃음을 쳤다.

"흥! 고집불통인 우리 아버지는 그런 것은 염두에도 두지 않으실걸?"

"숙부는 그러실 거다."

화운룡은 육 십사 년 전에 형산은월문이 철사보에 복수를 하려다가 조화곤과 숙빈을 비롯한 일가족과 문하 제자 칠십여 명이 깡그리 몰살당했던 일을 떠올렸다.

지금은 비록 해남비룡문이 철사보에 멸문을 당하기 전이지만 형산은월문이 복수를 하려다가 외려 멸문을 당했다는 사실을 알고 있는 화운룡은 숙빈과 조화곤 등에게 깊은 고마움을 느끼고 있다.

아직 일어나지 않은 일이라고 해도 그 일이 일어났을 때 조화곤과 형산은월문이 어떻게 행동할 것인지 알고 있기에 고마움을 떨칠 수 없는 것이다.

"용 오라버니, 오늘 내기에 이겼으니까 나한테 요구할 거 있으면 말해."

숙빈은 뭐든지 다 들어줄 것처럼 당당하게 말했다.

"뭐든지?"

"그래."

"내가 원하는 건 다 들어준다는 말이지?"

화운룡이 거듭해서 물으니까 숙빈은 조금 불안해졌다. 그가 또 찌찌 한번 만지게 해달라는 식의 이상한 요구를 할 것 같아서다.

"그, 그래."

화운룡은 숙빈이 긴장하는 모습이 귀여웠다.

"앞으로 날 계속 용 오라버니라고 불러줘."

숙빈은 깜짝 놀랐다.

"그게 요구야?"

"그래."

숙빈은 남몰래 안도의 한숨을 내쉬었다. 사실 그녀는 화운룡이 말도 안 되는 요구를 할까 봐 내심 걱정을 했었다.

"개망나니 짓을 해도 용 오라버니라고 불러달라는 거야?"

"그런 짓은 하지 않을 거다."

"용 오라버니가 개망나니 짓을 하지 않으면 나도 함부로 대하지 않을 테니까 염려하지 마."

*   *   *

화운룡은 이른 새벽에 눈을 떴다.

원래 그는 어젯밤에 숙빈이 돌아간 후에 꼭 해야 할 일이
있었지만 지독하게 피곤한 바람에 숙빈이 가자마자 그대로 잠
에 곯아떨어졌으며 이제야 눈을 뜬 것이다.

지금은 유시(酉時: 새벽 5시경)라서 바깥은 아직 캄캄하지만
화운룡은 벽에는 유등을, 그리고 교탁에 촛불을 밝혀놓고 침
상 이불 위에 가부좌의 자세로 앉았다. 어젯밤에 하려던 것을
지금 하려는 것이다.

소랑은 자신의 방에서 자고 있으므로 화운룡이 이렇게 일
찍 일어난 사실을 전혀 모르고 있었다.

오늘은 그가 육십사 년 전의 화운룡으로 돌아온 지 십삼
일째이고 열흘 동안의 혼절에서 깨어난 지는 사흘째다.

깨어난 지난 사흘 동안 그가 가장 뼈저리게 느끼고 깨달은
것은 자신의 몸이 지나칠 정도로 허약하다는 사실이었다.

그래서 그는 자신이 현시점에서 무엇보다도 제일 먼저 해야
할 일이 몸을 강건하게 만드는 동시에 하루빨리 무공을 연마
하는 것이라고 판단했다.

그는 육십사 년 전으로 돌아오면서 비록 화경에 이른 무공
을 깡그리 잃었지만 다행히 기억은 고스란히 지니고 있다.

현재 그의 머릿속에는 그 자신이 익혔던 무공을 비롯하여
천하의 절학이라고 할 수 있는 거의 모든 무공이 총망라되어

고스란히 담겨 있다.

그것들 중에서 그가 현 상황에서 가장 필요로 하는 무공은 그 자신의 성명무공인 무극사신공(無極四神功)이다.

지난 사흘 동안 약골 체질인 자신이 어떤 무공을 익혀야 가장 적합할지 곰곰이 생각한 후에 내린 결정이다.

그는 무극사신공 외에 수십 종류 절학을 연마했지만 최초에 익혔던 무극사신공을 다시 연마하기로 마음먹었다.

육십사 년 전 복수에 눈이 먼 그가 천하를 헤매다가 우연한 기회에 수중에 넣은 천 년 전 낡은 고서에 들어 있었던 무공이 바로 무극사신공이었다.

그는 무극사신공을 괄창산 깊고 깊은 산중에서 홀로 십여 년 동안 각고의 노력 끝에 완성하여 끝내 복수에 성공했다.

그것을 지금부터 다시 시작하려는 것이다.

그는 장장 육십사 년이라는 긴 세월 동안 심법은 무극사신공의 기본이 되는 무극삼원(無極三垣) 하나만을 연공했다.

공력이 오 갑자 삼백 년에 도달하여 더 이상 오를 곳이 없는 경지에 이르렀을 때 한 차례 도약을 해서 조화경을 달성했으며, 그로부터 십 년 후 우화등선에 도전했다가 지금처럼 육십사 년 전으로 돌아온 것이다.

화운룡은 조용히 중얼거렸다.

"삼원천성(三垣天成)은 오늘을 위해서 만든 것 같군."

그는 삼십여 년 동안 무극삼원을 부지런히 연공한 끝에 마침내 삼원을 하나로 합치는 데 성공했다. 삼원이 하나가 되면 천성이며 그래서 삼원천성이 된 것이다.

그 전까지는 삼원을 각각 따로 연공했다. 즉, 제일 먼저 태미원(太微垣)을, 그다음에 자미원(紫微垣), 마지막으로 천시원(天市垣)을 연공했다.

그런데 그는 수십 년 동안 무극삼원을 연공하다 보니까 언젠가부터 삼원을 하나로 뭉뚱그려서 연공하고 있었다. 삼원을 극성끼지 연공한 결과였다.

원래 극(極)은 하나로 통하기 때문에 자연스럽게 삼원이 하나로 합쳐져서 천성이 되었다.

'천성을 속성으로 연공하는 방법을 강구하자.'

무극삼원 천성을 운공조식하여 공력이 조금이라도 생기게 되면 무공을 발휘하는 것은 문제가 없다.

천하무림의 절학이라는 절학의 구결은 모조리 그의 머릿속에 들어 있기 때문에 공력만 있으면 그 즉시 전개할 수 있다. 피땀 흘려서 연습 같은 것은 할 필요가 없다.

화운룡은 침상 위에 가부좌로 앉아서 눈을 감고 깊은 생각에 몰두했다.

그는 이십여 년 전부터는 연공, 즉 운공조식이라는 것을 아예 하지 않았다.

가부좌의 자세로 앉아서 심법구결을 외워 운기(運氣), 운공(運功)하여 조금씩 내공을 축적하는 과정을 연공이라고 한다. 쇠를 단련시키듯이 몸을 단련하는 과정이다.

무공을 하는 무림인이라면 어느 누구라도 반드시 연공을 해야만 내공을 축적할 수가 있다.

그러지 않으면 더 이상 발전하지 않으며 그 상태에서 정체하고 만다.

정체, 즉 물이 고여 있으면 썩는다. 그러므로 정체는 곧 퇴보를 가리킨다.

화운룡은 이십 년 전부터 일체 연공을 하지 않았지만 퇴보하지 않았으며 오히려 비약적인 발전을 했다.

굳이 운공조식을 하지 않더라도 몸이 알아서 하루 종일 저절로 운공조식 하는 방법을 창안하여 그때부터 줄곧 그것을 실행해 왔기 때문이다.

그는 그것을 태자천심운(太紫天深運)이라고 이름 지었다. 태미원, 자미원, 천시원이 신체 깊은 곳에서 저절로 운공조식을 한다는 뜻이다.

'지금 내 상황에 태자천심운이 가능할까?'

그는 말도 안 되는 생각을 해보았다. 생애 최초의 운공조식을 시작해 보기도 전에 몸이 알아서 저절로 운공조식을 하는 태자천심운을 넘보다니 어불성설이다.

그가 태자천심운을 창안했을 때는 자그마치 이백 년 공력을 지니고 있었다.

그런데 공력이 전무한 지금 상태에서 태자천심운을 전개하는 것이 가능할지 불가능할지는 그 자신도 모른다. 그렇지만 상식적으로 불가능할 것 같다.

태자천심운은 흡사 물레방아가 돌아가는 것 같은 원리다. 물레방아를 만들어서 세차게 흐르는 냇물에 걸어놓기만 하면 그때부터는 물레방아가 냇물에 의해서 저절로 회전하기 때문에 만사형통이다.

냇물이 흐르는 한 물레방아는 멈추지 않을 테고 운공조식과 연공은 저절로 이루어진다.

사람은 하루 종일 운공조식만 할 수는 없다. 먹고 자는 것을 비롯하여 최소한의 시간을 제외하고 모든 시간을 운공조식에 할애한다고 해도 하루에 다섯 시진 이상 운공조식을 지속하기란 불가능하다.

며칠 동안만이라면 아무것도 먹지 않고 자지 않으면서 운공조식에 몰두할 수 있겠지만 계속하면 죽고 만다.

그렇지만 일단 태자천심운을 시작하면 하루 종일, 그리고 몇 달 몇 년이고 스스로 멈추지 않는 한 운공조식이 하염없이 지속되면서 공력이 보통 때보다 무려 다섯 배 이상 빠른 속도로 축적된다.

'지금 삼원천성을 시작하는 것은 너무 늦다. 나는 당장 공력이 필요하다.'

육십사 년 전의 화운룡은 그저 흥청망청 방탕한 생활을 하면 그것으로 그만이었겠지만, 십절무황 화운룡은 현재 자신의 가문이 얼마나 위태로운 상황인지를 뼈저리게 깨달았기 때문에 마음이 더없이 급한 것이다.

'태자천심운이 아니면 안 된다.'

그는 마음을 굳혔다.

예전에 그가 무극삼원심법을 운공조식하여 처음으로 단전에 공력이 축적되기 시작하는 것을 느낀 시기가 반년이 지나서였다. 그리고 십 년 공력이 되기까지 일 년이 걸렸다.

그것도 무극삼원이라는 공전절후의 심법구결이기에 단시일에 십 년 공력을 만드는 것이 가능했었던 것이다.

최초에 공력이 생성되고 축적되는 과정이 어렵고 또한 길었지만 한 번 공력이 생성되기 시작하면 그 기간이 점차 짧아지는 법이다.

그렇더라도 현재 화운룡이 필요로 하는 최소한의 공력은 약 삼십 년이다.

그것을 만들려면 아무리 빨라도 이 년에서 이 년 반이라는 세월이 필요하다.

그러나 이 년은 너무 길다. 만약 합비 태극신궁의 책사인 장하문이 화운룡의 서찰에 응답하지 않는다면, 응답하더라도 그가 적절한 조치를 취해주지 않는다면 해남비룡문은 철사보의 살수에 무방비 상태로 멸문을 당할 수밖에 없다.

아니, 무방비 상태고 뭐고 간에 장하문의 적절한 조치가 없으면, 화운룡이 지금 당장 태자천심운을 성공하더라도 겨우 칠 일 만에 공력을 만들면 얼마나 만들 수 있겠는가.

제아무리 태자천심운이라고 해도 칠 일 만에는 일 년 공력조차 만들 수가 없다.

현재로서 가장 최선은 장하문이 적절한 소치를 취해주고 동시에 화운룡이 태자천심운을 성공하는 것이다.

그리고 그 반대의 결과는 생각하는 것조차 끔찍하다.

'무슨 일이 있어도 태자천심운을 성공시켜야만 한다! 그리고 나서 장하문의 일을 기다리자.'

화운룡은 과거 육십사 년 전 복수에 눈이 멀어서 천하를 헤매고 다닐 때의 심정으로 태자천심운에 매달렸다.

화운룡은 꽤나 오래 잠을 푹 잔 것 같은 기분을 느끼면서 깨어났다.

"……."

그런데 눈을 뜨기도 전에 가까운 곳에서 누군가 뭐라고 웅얼거리는 목소리가 들렸다. 한 사람이 아니라 두 명이 말하는 소리였다.

그런데 그게 다가 아니다. 여자들의 낮은 흐느낌 소리도 섞여서 들렸다.

이것은 마치 지난번 화운룡이 율하 강물에 빠져서 어부의 그물에 걸렸다가 집으로 옮겨진 후 열흘 만에 깨어났을 때의 그런 느낌이다.

'설마 그때 그 상황이 되풀이되는 것인가?'

화운룡의 머릿속이 헝클어졌다.

그때 귀에 익은 목소리가 또렷하게 들렸다.

"여보, 용아가 왜 닷새가 지나도록 깨어나지 않는 건가요? 만약 이 아이가 깨어나지 못한다면 저는……."

'어머니……'

어머니의 흐느낌이다.

어머니의 절규를 듣고 화운룡은 지금 상황이 자신이 강물에 빠졌다가 깨어날 때하고는 다르다는 것을 알았다.

그때 그는 열흘 만에 깨어났는데 방금 어머니는 그가 닷새가 지나도록 깨어나지 않는다고 말했다.

더 이상 참지 못하고 그는 번쩍 눈을 떴다.

"아… 용아! 용아!"

"아버지! 용아가 깨어났어요!"

눈을 뜬 화운룡은 침상 가에 줄지어 앉아 있는 어머니와 누이들이 찢어지는 듯한 비명 소리를 터뜨리는 모습을 보았다.

그리고 그녀들 너머에 아버지와 큰매형, 작은매형, 그리고 의원이 서서 이쪽을 쳐다보는 모습을 발견했다.

이것은 지난번 열흘 만에 깨어났을 때하고는 상황이나 장면이 사뭇 다르다.

"어머니, 아버지."

화운룡은 부스스 상체를 일으켜서 앉았다.

다음 순간 화운룡이 앉아 있는 침상 주위에 모여 있던 가족들의 입에서 동시에 비명 소리가 터져 나왔다.

第六章

군사(軍師) 장하문

　결론적으로 말하자면 태자천심운이 성공했다.

　왜 그랬는지는 모르지만 닷새 전 이른 새벽에 깨어나서 태자천심운을 성공시키겠다고 절치부심했던 화운룡은 어느 순간 혼절하고 말았다.

　그 당시에 화운룡은 자신이 태자천심운을 최초로 만들고 또 시전했던 상황을 골똘하게 생각했으며 그대로 실천하려고 무던히 애를 썼다.

　그러다가 정신을 잃었는지 어쨌는지 모르겠는데 깨어나 보니까 닷새가 지난 것이다.

그가 태자천심운 시전에 성공했다는 사실을 어떻게 알았느냐면, 깨어난 직후부터 자신의 몸이 크게 달라진 것을 생생하게 느꼈기 때문이다.

닷새 전까지 사흘 동안의 그는 온몸이 물을 흠뻑 먹은 솜뭉치처럼 무거운 데다 힘이라곤 한 움큼도 없었으며 머리부터 발끝까지 온몸이 아프지 않은 곳이 하나도 없을 정도로 지끈지끈 욱신욱신 쑤셨다.

그것은 무공을 배우기 시작한 이후 육십사 년 동안 한 번도 느껴본 적이 없는 정말 더러운 기분이었다.

그랬었는데 닷새가 지난 오늘 깨어나 보니까 신기하게도 아픈 곳이 하나도 없는 것이다.

흐리멍덩하고 지끈거리던 머리의 통증은 씻은 듯이 사라져서 마치 뇌를 통째로 끄집어내서 차갑고도 깨끗한 물에 잘 빨아서 다시 집어넣은 것처럼 상쾌하기 짝이 없었다.

그뿐만이 아니라 몸에 힘이라는 것이 생겼다. 닷새 전에는 조금 움직이기만 해도 몸 여기저기에서 삐거덕거리면서 뼈마디 부딪치는 소리가 났고, 뭘 하거나 걸음을 오래 걸을라치면 팔다리가 부들부들 떨렸으며 당장에라도 주저앉고 싶은 심정이었다.

그런데 지금은 공력이라고 할 것까지는 없지만 움직이거나 걸어도 삐거덕거리는 소리가 나지 않을 뿐만 아니라 온몸에서 힘이 철철 넘쳤다.

극도의 허약 체질이었다가 힘이 생기니까 산을 뽑는다는 역발산기개세(力拔山氣蓋世)가 바로 이런 것이었구나, 하는 기분마저 들었다.

그런 것을 봤을 때 태자천심운이 실행된 것이 분명하다. 아직은 공력이 없는 탓에 그걸 느끼지는 못하지만 그게 아니라면 이처럼 정신이 맑아지고 힘이 넘칠 리가 없다.

"이제 됐다! 하하하!"

화운룡은 너무 기뻐서 무릎을 치며 호탕하게 웃었다.

소랑과 하녀들은 눈을 크게 뜨고 놀랐다.

화운룡이 밥 한 그릇을 깨끗이 비우고 더 달라면서 빈 그릇을 내밀었기 때문이다.

열두 살 때부터 몸종으로 오 년째 화운룡을 모시고 있는 소랑이지만 그가 식사 때 밥 한 그릇을 다 비우는 것을 본 적이 한 번도 없었다.

그런데 지금 그가 밥 한 그릇을 다 비우고는 한 그릇 더 달라고 하니 기절초풍할 일이었다.

화운룡의 거처인 운룡재에 소속된 숙수들은 그의 까다로운 입맛을 맞추려고 식사 때마다 진땀을 흘리지만 아무리 맛있는 요리를 해서 내놓아도 그가 젓가락질을 깨작거리면서 먹는 둥 마는 둥 하면 기운이 빠져 버리기 일쑤였다.

화운룡은 태자천심운이 발동되고 나서 식욕이 왕성해졌다. 힘과 식욕은 불가분의 관계가 있다. 힘이 생기면 자연히 식욕이 생기는 법이다.

"밥 없느냐?"

"아앗! 뭐, 뭐 해요, 언니들? 어서 밥 더 드려요!"

"아… 알았어."

화운룡이 입맛을 다시면서 묻자 소랑과 하녀들은 소스라치게 놀라 허둥거렸다.

*   *   *

화운룡은 빠른 걸음으로 운영각을 향해 걸어갔다.

낯선 무사 몇 명이 해남비룡문에 찾아왔다는 말을 운룡재의 하인에게 조금 전에 들었기 때문이다.

'철사보가 사람을 보낸 것인가?'

철사보가 해남비룡문을 습격하기 전에 최후의 통첩을 알리러 왔을 수도 있다.

녹림 무리답지 않은 일이지만 그럴 가능성이 가장 컸다.

화운룡은 부지런히 걸으면서 철사보 무사들을 어떻게 상대해야 할지 곰곰이 생각에 골몰했다.

화운룡의 짐작이 빗나갔다.

본채인 운영각 내전 접객실 의자에 앉아 있는 자들은 한눈에도 일류고수가 분명했으며 행색을 보니 녹림 무리 나부랭이가 아니라 정파인이었다.

그들 세 명은 의자에 점잖게 앉아 있는데 반해서 맞은편에 아버지 화명승과 큰매형 반도정이 나란히 서서 굽실거리며 어쩔 줄을 모르고 있었다.

화운룡은 그들 세 명이 무엇 때문에 아버지와 큰매형을 쥐잡듯이 하고 있는지 궁금하고, 한편으로는 기분이 나빠졌다.

"아버지."

그가 다가가서 부르자 돌아보는 화명승과 반도정의 얼굴에 착잡한 표정이 떠올라 있었다.

화운룡은 화명승 옆에 서서 세 명의 고수를 쳐다보며 조용한 목소리로 물었다.

"무슨 일입니까?"

"용아."

화명승은 화운룡을 보면서 금방이라도 울 것 같은 표정을 지을 뿐 대답을 하지 않았다.

그러자 반도정이 용기를 내서 말했다.

"처남, 사해검문(四海劍門)이 본 문을 태주분타로 삼으려고 한다네."

그 말에 화운룡의 미간이 슬쩍 좁아졌다. 찬물이 끼얹어진 것처럼 표정에는 거의 드러나지 않았다.

"아버지 생각은 어떠십니까?"

아버지의 표정으로 봐서 물어보나 마나겠지만 그래도 우선 그렇게 물어보았다.

"나는⋯⋯."

심약한 화명승은 고수들의 눈치를 볼 뿐 전전긍긍 말을 하지 못했다.

화운룡은 아버지의 팔을 잡고 의자에 앉혔다.

"아버지, 앉으세요."

화명승이 앉지 않으려고 버티자 화운룡이 엄숙한 표정으로 말했다.

"아버지, 여긴 우리 집입니다. 세상천지에 주인이 서 있는데 버젓이 앉아 있는 염치없는 객이 어디에 있습니까?"

화운룡은 아버지를 빌어서 맞은편의 고수들을 꾸짖었다. 주인을 세워두고 앉아 있는 고수들을 염치없는 객이라고 꼬집은 것이다.

고수들의 안색이 가볍게 변했다.

그들 중에 한 명이 점잖게 화운룡을 꾸짖었다.

"어른들이 진지한 대화를 하는데 어린아이가 끼어드는 게 아니니까 물러가라."

사해검문의 고수라는 자들은 해남비룡문의 소문주가 잡룡이고 약룡에 개망나니라는 소문을 익히 알고 있는 것 같았다.

화운룡은 기분이 뒤틀렸다. 그는 방금 말한 자를 똑바로 굽어보면서 꾸짖듯이 말했다.

"사해검문에 스무 살짜리 소문주가 있는 것으로 아는데 당신은 그 소문주를 어린아이로 취급하고 있소?"

"뭐어……."

화운룡은 기분 같아서는 똑같이 하내를 해주고 싶지만 아버지 앞이라서 참았다.

그런데도 조금 전에 말했던 고수는 말문이 막혀서 얼굴이 벌겋게 달아올랐다.

화운룡은 사해검문이 남경(南京)을 대표하는 몇 개의 대문파 중에 하나라고 알고 있다.

사해검문은 정파가 분명하고 아마도 몇몇 문파와 함께 남경의 패권을 놓고 으르렁거리고 있는 중일 것이다.

굳이 비교하자면 사해검문은 화운룡의 군사였던 장하문이 있는 합비의 태극신궁과 비슷한 규모와 세력일 것이다.

화운룡은 고삐를 조였다.

"우린 사해검문의 분타가 될 생각이 없으니까 그만 돌아가도록 하시오."

"용아……."

화명승은 당황해서 어쩔 줄을 모르지만 반도정은 불안하면서도 속이 후련한 표정을 지었다.

강소성의 도읍인 남경은 태주에서 서쪽으로 불과 팔십여 리 거리에 있다.

말을 타고 달리면 한나절 거리에 분타를 두려 하다니 속이 뻔히 들여다보이는 수작이다.

사해검문은 속 빈 수수깡 같은 해남비룡문이 아니라 살이 토실토실한 해룡상단을 삼키려는 것이다.

화운룡은 여전히 앉아 있는 세 명의 고수를 다시 당찬 표정으로 축객했다.

"주인이 원치 않는 객이라면 강도나 다름이 없소. 어서 물러가시오."

고수들은 심한 모욕을 당했지만 화운룡의 말이 틀리지 않으므로 항변할 말이 없었다.

굳이 입을 열어 말한다면 억지를 쓰는 것뿐이다.

"이봐, 본 문은 유명무실한 해남비룡문에 힘을 보태서 부흥시키려고 이런 천재일우의 기회를 주는 것이다."

열흘 삶은 호박에 이도 들어가지 않을 얘기다.

화운룡은 대차게 나가는 수밖에 없다고 판단했다.

"우리를 모두 죽여야지만 사해검문이 해남비룡문을 차지할 수 있을 것이오."

"……."

화운룡은 저만치 서 있는 몇 명의 하녀를 가리켰다.

"목격자가 있으면 안 될 테니까 저들은 물론이고 본 문을 깡그리 멸문시켜야 할 것이오."

화운룡은 이렇게까지 궁여지책을 써야만 하는 이 상황이 비참해서 죽을 지경이지만 어쩔 수가 없다.

하지만 힘없는 사람이 사해검문 같은 대문파를 상대하려면 어쩔 수가 없다.

기왕지사 내친걸음이다. 화운룡은 하녀들에게 손짓했다.

"가서 가족들과 식솔들을 다 모이라고 해라! 오늘 우리 모두 사해검문 고수들에게 죽어보자!"

"이런 젖비린내 나는 놈이 함부로 날뛰다니……."

고수 한 명이 발끈해서 어깨의 검을 잡으며 벌떡 일어나는 것을 옆의 고수가 팔을 잡으며 만류하고는 일어나서 화운룡을 똑바로 주시했다.

"잡룡인 줄 알았더니 제법이로군?"

화운룡은 차갑게 응대했다.

"때에 따라서는 악룡(惡龍)이 될 수도 있소."

함부로 건드리지 말라는 뜻이고, 그걸 모를 리 없는 사해검문 고수들이다.

"후후… 잡룡이 악룡이 되는 것을 보고 싶군."

곱게 물러나지 않겠다는 뜻이다.

세 명 중에서 우두머리인 듯한 그는 정색을 하고 품속에서 서찰 하나를 꺼내 내밀었다.

"어쨌든 나는 명령에 따라서 본 문 위검당(衛劍堂) 당주의 친서를 전하겠다."

우두머리가 화명승에게 내민 서찰을 화운룡이 받아서 그 즉시 발기발기 찢어발겼다.

찌이익! 찌익!

"이게 우리 대답이오."

세 명의 고수 얼굴에 분노가 떠올랐다.

반면에 화명승과 반도정은 사색이 되어 부르르 몸을 떨었다.

그렇지만 화운룡은 눈도 까딱하지 않았다.

약세를 보이면 끝장이라는 사실을 잘 알기 때문이다.

다행히 사해검문 고수들은 발작을 일으키지 않고 물러갔다.

그들은 해남비룡문을 접수하러 온 것이 아니라 사해검문이 그런 의도를 갖고 있다는 위검당주의 친서를 전하러 왔기 때문에 쓸데없는 피바람은 일으키지 않았다.

사해검문 문주가 아닌 일개 당주의 친서를 말이다.

그들에게 해남비룡문은 그만큼 하찮은 존재였다.

*   *   *

화운룡은 운룡재로 돌아오자마자 연공실로 들어갔다.

연공실 문을 굳게 닫아걸고는 십절무황 시절 자신의 성명검법인 사신검법(四神劍法)을 전개하기 시작했다.

그러나 사신검법 청룡전광검(靑龍電光劍) 일초식 십팔변(十八變) 중에서 일변을 겨우 두 번 시전해 보고는 너무 힘들어서 숨이 끊어질 것처럼 기진맥진했다.

사해검문이 해남비룡문을 분타로 집어삼키려고 하는 것 때문에 그는 마음이 더없이 급해졌다.

한시바삐 사신검법을 터득하여 사해검문의 쓰레기 같은 자들로부터 해남비룡문을 지켜야 한다는 조급함 때문에 그는 마음 편하게 쉴 수가 없다.

육십사 년 전 잡룡 화운룡이었을 때 그는 남경 사해검문이 해남비룡문을 태주분타로 삼으려고 한다는 사실에 대해서 전혀 몰랐었다.

철사보가 해남비룡문을 노렸다는 사실도 몰랐으니 사해검문 일은 더욱 몰랐을 것이다.

아무리 생각해도 잡룡 화운룡은 한심하기 짝이 없는 놈이다.

마음은 급한데 화운룡은 아직 검을 들기는 해도 휘두르는 것까지는 무리다. 더구나 청룡전광검처럼 기기묘묘한 검법은 더욱 그렇다.

검법만이 아니라 보법과 경공을 배우는 것도 필수인데 그저 마음만 급해서 답답할 뿐이었다.

그의 마음은 더없이 초조하고 급했다. 합비 태극신궁의 책사 장하문에게 서찰을 전하러 간 호위무사 전중이 아직 돌아오지 않았으며 아무런 소식이 없기 때문이다.

전중이 장하문에게 서찰을 제대로 전하고, 장하문이 서찰의 내용을 본 후 마음이 움직였다면 태주현으로 오고도 남을 시간인데 그는 아직 오지 않았다.

오늘이 이월 십 일이니까 철사보가 해남비룡문에 쳐들어와서 멸문시키는 십이 일까지 겨우 이틀 남았다.

또한 살수 조직 흑살루는 아직까지 철사보주 귀광도를 암살하지 못했다.

귀광도를 암살했다면 막화가 한달음에 달려와서 화운룡에게 알렸을 것이다.

살수들이 귀광도를 죽일 것이라고 전적으로 믿지는 않았지만 이렇게 맥을 못 출 줄은 몰랐다.

어쩌면 청호리는 흑살루가 아니라 싸구려 살수 조직에 청부했는지도 모른다.

화운룡은 오늘 밤까지 기다려 봐서도 장하문이 오지 않으면 최후의 수단을 쓰는 수밖에 없다고 생각했다.

최후의 수단이라고 해서 뾰족한 방법이 아니다. 아버지를 설득해서 가족과 가솔들을 데리고 피신하는 것이다.

화운룡은 찾아온 숙빈을 서재로 데려가서 탁자에 놓여 있는 한 권의 책자를 집어 숙빈 앞에 놓으며 자리에 앉았다.

턱.

"이게 뭐지?"

"연마해라."

숙빈은 의아한 표정을 지었다.

"연마? 이거 무공서(武功書)야?"

"심법과 검법이다."

호기심이 발동한 숙빈은 이끌리듯 책자를 집어 들었다.

"무슨 심법이고 무슨 검법이지?"

화운룡은 아무 말도 하지 않았고, 숙빈은 곧 책자 읽기에 빠져들었다.

숙빈은 책자를 몇 장 읽다가 소스라치게 놀라서 고개를 들고 화운룡을 바라보았다.

"이… 이게 뭐야?"

"검법이라니까?"

"글쎄, 무슨 검법구결이 이토록 어렵고 굉장한 거야?"

검법에 정통한 검사는 검법서의 구결만 읽고서도 강한지 약한지 즉시 알 수 있다.

숙빈이 봤을 때 이 책자의 검법 초식은 그녀가 태어나서 처음 대하는 고강한 검법이 분명했다.

"이름이 있을 거 아냐?"

"기절검법(奇絶劍法)이다."

"기절검법……."

숙빈은 흠칫 놀랐다가 몹시 긴장해서 입을 열었다.

"설마……."

"맞다. 그 기절검법이다."

숙빈은 '설마 이게 그 유명한 기절검법이야?'라고 물으려 했었는데 화운룡이 미리 대답했다.

"용 오라버니가 이걸 어디에서 구했어?"

말하고 나서 숙빈은 책자를 펼쳐서 자세히 살펴보더니 더욱 놀라는 표정을 지었다.

"아냐. 이건 오래된 책자가 아니라 누군가 얼마 전에 새로 적은 거야. 책자의 종이가 새것인 데다 글씨의 먹물이 아직 채 마르지도 않았어. 그리고 묵향(墨香)이 매우 강해. 이거 어떻게 된 거지?"

"오전에 내가 썼다."

"……."

숙빈은 주먹으로 뒤통수를 호되게 얻어맞은 것 같은 멍한 표정을 지으며 화운룡을 바라보았다.

"용 오라버니, 설마 이거……."

화운룡은 손을 들어 숙빈의 말을 제지했다.

"사실 많이 망설이다가 이 검법을 빈아 너에게 줘야겠다고 결심한 것이다. 네가 지금보다 훨씬 강해지기를 바라기 때문이야. 그러니까 아무것도 묻지 말고, 또 기절검법을 연마해서 태주현 제일검사가 되겠다고 약속하면 이걸 주겠다."

"……."

화운룡은 형산은월문이 해남비룡문의 복수를 하려고 철사보를 공격했다가 전원 몰살당하는 과정에 숙빈이 처참히 죽은 것을 지금도 잊을 수가 없다.

물론 지금은 그 일이 일어나지 않았으며 화운룡이 있는 한 절대로 일어나지 않겠지만, 그래도 숙빈이 지금보다 몇 배 더 고강해지기를 바라는 마음이 간절하다.

그런 화운룡의 내심을 알 길 없는 숙빈은 책자와 그를 번갈아 쳐다보다가 나중에는 화운룡만을 뚫어지게 주시하며 입술을 꼭 깨물었다.

지금 같은 상황에서는 하고 싶은 말이 한두 개가 아니지만 애써 참고 있는 모습이 역력했다.

화운룡은 진지하게 물었다.

"약속할 수 있겠느냐?"

총명한 숙빈은 화운룡에게 어떤 말 못 할 비밀이나 사정이 있다고 짐작했다.

그런데 그는 그 비밀이 밝혀질 위험을 감수하면서까지 숙빈에게 기절검법을 주려고 한다.

숙빈은 바보가 아니다. 화운룡이 그러는 이유가 순전히 숙빈을 위해서라는 걸 그녀가 어찌 모르겠는가.

한참 만에 숙빈은 고개를 끄떡였다.

"알았어. 약속할게."

화운룡은 부드러운 미소를 지었다.

"이제부터 이 책자의 기천심공(奇天心功)과 기절검법을 익히도록 해라."

"기천심공이라니……."

"책자의 전반부에는 기절검법이, 후반부에는 기천심공 구결이 적혀 있다. 기절검법을 연마하려면 기천심공을 연공하는 게 좋으니라."

화운룡이 또 노인네 말투를 썼지만 숙빈의 귀에 들어오지 않았다.

원래 기천심공과 기절검법은 각기 다른 무공인데 화운룡이 한데 묶은 것이다.

"설마… 그 유명한 기천심공이 이거야?"

"그래."

"아아… 도대체 나는 꿈을 꾸는 것만 같아……."

"지난번에 너를 진맥해 보니까 너의 체질은 음(陰)이 매우 강했다. 그런데 너희 가문의 형산은월심법은 양(陽)에 해당하는 심법이라 너에게 맞지 않는다는 것을 알게 되었다. 기천심공은 음에서도 극음(極陰)이니까 연공하는 동안 공력이 여태까지보다 서너 배 빠르게 증진될 거야. 그걸 기절검법에 응용하면 연마 속도가 배가될 게야."

화운룡의 설명을 듣는 숙빈은 며칠 전에 그가 자신을 진맥했던 일을 떠올리고는 가슴이 시릴 정도로 감동했다.

"용 오라버니……."

그녀는 촉촉해진 눈으로 화운룡을 바라보았다. 눈물 너머로 부옇게 보이는 저 사람이 정말 개망나니 잡룡 화운룡이었는지 믿어지지 않았다.

그녀는 기절검법과 기천심공이 기록된 책자를 차분하게 읽기 시작했다.

천하무림에는 이루 헤아릴 수 없을 정도로 많은 검법, 아니, 무공이 존재하고 있다.

그것들 중에서 한 세대를 떨어 울렸거나 어떤 지역을 대표하든가, 아니면 무림에서 내로라하는 명문대파나 대방파를 이룩하는 데 밑바탕이 된 검법이나 도법, 장법, 권각술, 창술 등이 있는데 그것을 이른바 명숙절학(名宿絶學)이라고 부른다.

통상적으로 명숙절학이라고 부를 만한 무공은 현재의 전체 무림을 통틀어서 삼백 개 정도다.

당금의 천하무림에 존재하고 있는 문파와 방파의 수가 수만(萬)에 달하고 무림인의 수는 수백만에 이르는 것을 감안할 때 명숙절학이 삼백 개에 불과하다는 것은 그 무공들이 그만큼 고절하고 막강하다는 증거다.

기절검법과 기천심공은 바로 그 명숙절학의 하나인 것이다.

숙빈은 지금 자신의 손에 쥐어져 있는 기절검법과 기천심공이 진짜일 것이라고 확신했다.

그녀 자신이 검법에 정통하다고는 자신할 수 없지만, 그래도 십사 년 동안 검법에 매진해 온 한 검사의 눈으로 봤을 때 이 책자에 기록된 검법구결은 무척 심오하고 또 위력이 굉장한 것 같았다.

책자 후반부의 기천심공은 아직 읽지 않았지만 앞에 것을 보면 뒤에 것이 어떤 것인지 미루어 짐작할 수 있다.

그리고 또 하나, 화운룡이 지금 그녀에게 장난을 하는 거라고는 믿어지지 않았다.

한참이 지나서야 책자에서 눈을 뗀 숙빈은 화운룡을 보면서 고개를 끄떡였다.

"나는 이제야 용 오라버니의 비밀을 알 수 있을 것 같아."

그녀가 따스하면서도 날카로운 눈빛으로 쏘아보자 화운룡은 괜히 가슴이 뜨끔했다.

"비밀이라니……."

숙빈은 화운룡의 속을 꿰뚫어 보듯이 예리하게 눈을 빛냈다.

"용 오라버니는 원래 타고난 천재였던 거야."

화운룡은 '어?' 하는 표정을 지었다.

그때 소랑이 들어와서 두 사람 앞에 찻잔을 내려놓고는 탁자 옆에 다소곳이 섰다.

"용 오라버니는 어렸을 때부터 아무도 몰래 공부와 무공을 열심히 파고들었던 것이 분명해. 하지만 무슨 이유에선지 그걸 줄곧 감추고 있었어."

얘기가 이상하게 돌아가고 있지만 화운룡은 가만히 있었다.

숙빈은 화운룡이 침묵하는 것을 그가 인정하는 것이라고 받아들여서 의기양양해졌다.

"아마도 현재 용 오라버니의 머릿속에는 굉장한 지식과 무공서가 들어 있을 거야. 다만 몸이 허약해서 그 무공들을 연마하지 못하는 것이겠지."

말을 마치고 숙빈은 '어때? 내 말이 맞지?' 하는 표정으로 화운룡을 바라보았다.

화운룡은 잠자코 있다가 조용히 말했다.

"어디 가서 그런 말 하지 마라."

그런 말 했다가는 바보 소리 들으니까 하지 말라는 뜻인데 숙빈은 오해를 했다.

"알았어. 비밀 지켜줄게."

숙빈이 나가자마자 화운룡은 다시 한번 사신검법의 청룡전광검을 전개해 보려고 연공실로 향했다.

연공실에 있던 화운룡은 소랑의 급한 전갈을 받고 해남비룡문 전문 밖으로 달려 나갔다.

그곳에 숙빈이 몇 명의 청년에게 둘러싸여 있었다.

'저자들은?'

청년들은 모두 세 명이며 하나같이 매우 고급스러운 비단 경장 차림에 어깨에는 값비싼 도검을 메고 있으며, 허우대가 좋고 얼굴에 기름기가 번지르르했다.

화운룡은 청년들이 태주헌에서 내로라하는 집안의 자제들이라는 것을 한눈에 알아보았다.

그중에서도 검을 메고 있는 황의 경장 청년은 형산은월문과 태주제일문과 자리를 놓고 치열하게 다투고 있는 진검문(震劍

門)의 소문주 감중기(坎仲基)가 분명했다.

이십오 세의 감중기가 실력으로는 진검문 내에서 이 위, 태주현 전체에서 다섯 손가락 안에 꼽힌다는 것은 잘 알려진 사실이다.

화운룡이 생각해 보니까 진검위룡(震劍威龍)이라는 별호의 감중기가 숙빈을 매우 짝사랑하여 귀찮을 정도로 그녀를 따라다니는가 하면, 수시로 숙빈의 아버지 조무철(趙武鐵)을 찾아가서 숙빈과 혼인시켜 달라고 떼를 쓴다는 얘기를 예전에 간혹 들은 적이 있었다.

그런 감중기가 자신의 친구들과 함께 이 앞을 지나다가 해남비룡문에서 나오는 숙빈을 우연히 발견하고는 그냥 지나치지 않고 그녀를 에워싼 것이다.

*   *   *

"어서 비켜요!"

숙빈이 앙칼지게 호통을 치지만 감중기 일당은 꿈쩍도 하지 않을뿐더러 외려 시답잖은 요구를 했다.

"조 낭자, 잠시 시간을 내달라는 것이 무리한 요구는 아니지 않소? 조 낭자에게 긴히 할 얘기가 있소."

숙빈이 그를 따라가 봐야 내가 얼마나 조 낭자를 사랑하는

지 아느냐는 둥 헛소리만 늘어놓을 게 뻔하다.

"나는 당신 얘기를 듣고 싶지 않아요."

사실 숙빈은 한시바삐 품속에 있는 기절검법과 기천심공을 읽어보고 또 연마하고 싶어서 안달이 났기 때문에 감중기의 말 같은 것은 귀에 들어오지도 않았다.

바로 그때 감중기는 화운룡이 전문 밖으로 나오는 모습을 발견하고 대뜸 그에게 다가갔다.

숙빈은 뒤돌아보다가 화운룡을 발견하고 재빨리 그의 앞을 가로막으며 뾰족하게 외쳤다.

"용 오라버니에게 무슨 짓을 하려는 거예요?"

숙빈이 정혼자인 잡룡 화운룡을 몹시 수치스럽고 귀찮게 여긴다는 사실은 태주현에서는 알 만한 사람들은 다 알고 있다.

그런 그녀가 화운룡을 가로막으면서 보호하려고 들자 감중기는 그녀가 많은 사람들 시선 때문에 체면을 생각해서 억지로 그러는 것이라고 오해했다.

감중기는 숙빈 앞에 서서 빙그레 웃었다.

"나는 조 낭자가 싫어하는 저놈에게 따끔한 훈계를 내려서 조 낭자를 자유롭게 풀어줘야겠다는 생각이 방금 막 들었소. 그래서 조 낭자가 정혼이라는 사슬에서 풀려나면 나와의 혼인을 진지하게 생각하지 않겠소?"

얼마 전까지 숙빈이 화운룡을 부끄러워하고 또 귀찮게 여긴 것은 사실이지만 그를 해치면서까지 정혼을 무효로 만들 정도는 아니었다.

과거야 어쨌든 간에 현재의 숙빈은 화운룡을 전혀 부끄러워하지도 귀찮게 생각하지도 않는다.

아니, 오히려 그가 자신의 천재성을 숨기느라 개망나니처럼 행동했다고 믿게 되었으며, 그가 이미 숙빈에게 많은 도움을 주고 있기 때문에 지금은 그를 귀찮아하기는커녕 존경심이 생길 지경이다.

숙빈은 오른손으로 어깨의 검을 잡고 날카롭게 외쳤다.

"열흘 삶은 호박에 이도 들어가지 않을 소리 작작해요. 누가 뭐래도 용 오라버니는 내 정혼자예요. 그의 머리카락이라도 건드리는 날엔 당신은 내 손에 죽어요!"

"조 낭자……."

숙빈의 뜻밖의 행동에 조금 당황했지만 이대로 물러날 감중기가 아니다.

그는 여전히 숙빈이 사람들의 이목 때문에 이러는 거라고 편한 대로 오해했다.

하긴 때아닌 소동으로 주위에 구경꾼들이 많이 모이긴 했다.

"물러나시오! 조 낭자가 아무리 그래도 내 오늘 저놈이 알아듣도록 혼을 내야겠소!"

감중기가 앞으로 나서자 숙빈은 마침내 검을 뽑았다.

창!

"어디 그렇게 해봐라!"

그때 감중기의 두 명의 친구가 재빨리 도검을 뽑으면서 다른 방향에서 화운룡을 향해 빠르게 다가갔고, 감중기 역시 검을 뽑으며 숙빈을 봉쇄했다.

"조 낭자는 내가 상대하겠소."

숙빈은 화운룡에게 가까이 다가간 두 명의 친구를 보면서 속이 타들어갔다.

"당장 물러나지 않으면 평생 당신을 원수로 삼을 거예요! 어서 썩 물러나요!"

"일이 이렇게 된 이상 나는 이번 기회에 끝장을 보겠소."

숙빈은 싸움이 벌어지면 자신이 화운룡을 보호하지 못할 것이고, 그러면 감중기가 정말 화운룡을 다치게 하거나 심할 경우 죽일 수도 있다는 생각이 들었다.

"순순히 말을 듣지 않으면 저 개망나니 화운룡이 죽을 수도 있소."

"짐승 같은 놈……."

숙빈은 더 이상 발작하지 못하고 눈빛으로 죽일 것처럼 감중기를 쏘아보며 어떻게 할 것인지 궁리했으나 뾰족한 방법이 생각나지 않았다.

감중기는 자신의 이런 행동으로 인해서 진검문의 명성에 누를 입힐 수도 있겠지만 숙빈만 얻을 수 있다면 무엇이라도 감수할 수 있다는 생각이다.

그때 화운룡이 조용하지만 또렷한 목소리로 말했다.

"감중기, 나하고 일대일로 싸워볼 생각은 없느냐?"

난데없는 말에 감중기는 물론이고 숙빈 등 모두들 놀라는 표정을 지었다.

화운룡은 두 자루 검이 자신을 겨누고 있지만 표정조차 변하지 않고 감중기를 주시하며 말을 이었다.

"네가 사내라면 이따위 비열한 수작은 그만두고 정정당당하게 나하고 일대일로 싸워보자."

화운룡으로서는 지금 상황에서 이렇게 하는 것 말고는 달리 방법이 없다.

이대로 있다가는 감중기가 숙빈을 끌고 가서 무슨 짓을 할는지 모르고, 감중기의 두 친구가 화운룡을 순순히 놔줄 것 같지도 않았다.

그래서 일단 지금의 위기를 모면하고 나서 시간을 벌어보자는 생각을 했다.

더구나 화운룡이 보기에 감중기는 어쩌다 보니까 일이 커져 버려서 진퇴양난에 처한 것 같았다.

그렇기 때문에 화운룡이 일대일로 싸우자는 제안을 하면

받아들일 수밖에 없을 것이라고 생각했다.

사해검문 일에 철사보, 이제는 예상하지도 않았던 감중기하고 일대일로 싸우는 일까지 설상가상이지만 어쩔 수가 없는 상황이었다.

감중기는 화운룡을 노려보면서 표정이 여러 차례 변하더니 이윽고 숙빈에게 겨누었던 검을 거두었다.

"좋다. 장소와 시간을 정해라."

그는 자신이 화운룡 같은 잡룡 약골에게 패할 것이라는 생각은 반 푼어치도 하지 않았다.

또한 정정당당한 일대일 대결이니까 화운룡을 죽여도 누가 뭐라고 할 사람이 없다.

더구나 화운룡만 죽으면 숙빈은 자연스럽게 자신의 여자가 될 것이라고 예상했다.

화운룡은 두 손을 뻗어 자신에게 겨누고 있는 두 친구의 검을 치워내며 앞으로 몇 걸음 걷다가 멈추었다.

"보름 후 정오 본 문 연무장이다."

감중기는 미간을 찌푸렸다.

"보름은 너무 길다."

"본 문에 약간의 사정이 있다. 그걸 처리하려면 시일이 필요한데 그 정도 아량도 없느냐? 겁나는 것이냐?"

싸움이 아니라면 말이나 그 무엇으로도 감중기가 화운룡

을 당해내지 못한다.

겁나느냐는 말에 감중기는 마지못해 고개를 끄떡였다.

"좋다. 보름 후 정오에 해남비룡문 연무장에서 보자."

감중기는 검을 검실에 꽂고 제 딴에는 예의를 갖추느라 숙빈에게 포권을 해 보였다.

"결례가 많았소. 이해하시오, 조 낭자."

"흥!"

숙빈이 냉소하자 감중기는 두 친구에게 눈짓을 하고는 즉시 그곳을 떠났다.

숙빈은 급히 화운룡에게 다가왔다.

"용 오라버니, 다치지 않았어?"

"나는 괜찮다."

그가 몸을 돌려 전문으로 걸어가자 숙빈이 따르면서 걱정을 했다.

"어떻게 할 거야? 정말로 저놈하고 싸울 생각은 아닌 거지?"

화운룡이 대답하지 않고 전문 안으로 들어가자 숙빈은 그를 따라 들어갈까 말까 생각하다가 발길을 돌렸다.

오늘은 화운룡으로서도 머리가 복잡할 테니까 내일 다시 와야겠다고 마음먹었다.

쿵!

화운룡은 자신이 들어오고 난 후에 전문이 닫히는 것을 뒤

돌아보았다.

전문을 닫은 사람은 문지기다. 즉, 하인이다.

형산은월문이나 진검문 같은 문파에서는 수문무사가 문파의 입구인 전문을 지키고 또 여닫으면서 위용을 뽐내는데 해남비룡문에서는 그냥 문지기가 전문을 여닫는다.

그뿐이 아니다. 전문 밖에서 그 난리가 벌어졌는데도 해남비룡문에서는 아무도 나오지 않았다. 나올 사람이 문지기 말고는 아무도 없기 때문이다.

그나마 해남비룡문에 몇 명 있는 문하 제자들은 모두 해룡상단 일에 투입되어 있다.

상단의 교역선이 항해를 하면 해적이나 수적으로부터 교역물을 지키기 위해서 호위무사가 필요하다. 그런데 문파를 지켜야 할 문하 제자들이 상단 교역선의 호위무사 노릇을 하고 있는 것이다.

해남비룡문에서 또박또박 녹봉을 받으면서 기거하고 있는 문객들조차도 조금 전 전문 밖에서의 소란 때 아무도 나와 보지 않았다.

몰라서 나오지 않았을 수도 있겠지만 설사 알았다고 해도 제 한 몸 사리는 데는 이골이 난 문객들이므로 필시 모른 체했을 것이다.

그러나 화운룡은 어느 누구도 원망하고 싶은 마음이 없다.

다만 그 자신의 무능함을 원망할 뿐이다.

그렇지만 지금도 늦지 않았다. 그는 자신이 육십사 년 전으로 돌아온 이유가 가문을 지키고 또 일으켜 세우는 것이라고 믿게 되었다.

화운룡은 보름 후 감중기와의 일대일 대결을 피하지 않을 생각이다.

자신과 숙빈의 위급한 상황을 모면하기 위해서 즉흥적으로 일대일 대결을 생각해 냈지만 자신의 입으로 뱉은 약속을 어기고 싶지 않았다.

　　　　＊　　　　　　＊　　　　　　＊

화운룡은 아버지 화명승과 마주 앉았다.

어느덧 시간은 해시(亥時: 밤 10시경)가 훌쩍 넘어 자정으로 흐르고 있다.

철사보는 모레 새벽 인시(寅時: 새벽 4시경)에 해남비룡문을 급습하여 아버지에게 그동안 밀린 상례 은자 백이십만 냥을 내놓거나 해남비룡문이 멸문하거나 양자 선택을 하라고 강요할 것이다.

그러나 당장 은자 백이십만 냥이라는 거금이 없는 아버지로선 어느 것도 선택할 수 없는 상황에 처하게 될 것이다.

그리하여 철사보의 녹림무사 이백 명이 명맥만 간신히 잇고 있는 해남비룡문의 가솔들을 깡그리 도륙하는 일이 벌어지게 된다.

그리고 아직까지 태극신궁의 책사 장하문이 오지 않았다.

"아버지, 드릴 말씀이 있습니다."

화명승은 근래 들어서 예전의 개망나니의 작태를 추호도 보이지 않는 아들 덕분에 행복한 나날을 보내고 있는 중이라서 흐뭇한 미소를 지었다.

"무슨 말이냐?"

그는 이런 야심한 시각에 아들이 또 무슨 기특한 말을 하려는지 한껏 기대하는 표정이다.

"아버지, 철사보를 아시지요?"

문득 화명승의 얼굴이 어두워졌다.

"그럼, 아다마다……."

화운룡은 조용한 목소리로 현재 해남비룡문이 처한 상황에 대해서 자세하게 설명을 했다.

"음……."

화명승은 아들이 해남비룡문이 처한 상황에 대해서 너무도 정확하게 알고 있으며, 철사보가 어떻게 나올 것인지도 예측하는 것이 기특하면서도 마음이 더없이 무거워졌다.

"아버지, 저를 믿으십니까?"

뜬금없는 말에 화명승은 잠시 아들을 주시하다가 고개를 끄떡였다.

"믿는다."

화명승 옆에 앉아 있는 어머니 구소혜(具素惠)는 긴장된 표정으로 부자의 대화를 지켜보았다.

화운룡은 진지함을 넘어 엄숙하게 말했다.

"무조건 믿으셔야 합니다."

"무조건 믿으마."

"가족 모두를 이끌고 내일 중으로 피신헤야 힙니다."

"……."

"제가 조사한 바에 의하면 모레 새벽에 철사보가 본 문을 급습할 것입니다."

"……."

아버지는 너무 놀란 나머지 아무 말도 하지 못하고 화운룡을 망연히 바라보기만 했다.

그때 어디선가 나직하면서도 청량한 목소리가 들려왔다.

"그 얘기는 잠시 후에 하는 것이 좋겠소."

화운룡은 목소리를 듣는 순간 가슴이 크게 격동하여 기쁜 표정을 지으며 그쪽을 쳐다보았다.

언제 나타났는지 한 명의 청의단삼을 입은 말쑥한 용모의 청년이 접은 부채를 손에 쥐고 천천히 이쪽으로 걸어오고 있는 것이 아닌가.

그는 화운룡이 그토록 기다리고 있던 태극신궁의 책사 장하문이었다.

화명승은 주춤거리면서 일어나 놀라면서 경계하는 표정을 지었다.

"누구신지……."

화운룡은 벌떡 일어나 장하문에게 마주 걸어가며 빙그레 미소 지었다.

"하룡(河龍)."

한눈에도 청수한 유생의 모습인 장하문은 생전 처음 보는 청년이 자신을 '하룡'이라고 부르자 의아한 표정을 지었다.

'하룡'은 장하문이 어렸을 때 부모가 불렀던 아명(兒名)인데 그걸 아는 사람은 가족뿐이다.

장하문은 걸어와서 자신의 두 걸음 앞에 멈춰 선, 야윈 듯한 체격이지만 매우 키가 크고 잘생긴 약관의 청년을 지그시 바라보았다.

아무리 봐도 처음 보는 청년이 분명하다. 그의 뛰어난 기억력은 선천적이어서 평생토록 단 한 사람을 제외하고는 기억력에서 져본 적이 없었다.

물론 이십오 세인 현재의 그는 기억력에서 지게 될 그 사람을 아직 만나지 않은 시기다.

"나를 아오?"

장하문은 듣는 사람이 편안한 기분이 들게 하는 잔잔한 목소리로 물었다.

화운룡은 특유의 아름다운 미소를 지었다.

"잘 알지."

'반말을?'

화운룡이 거침없이 반말을 하고 있지만 장하문의 표정은 변하지 않았다. 그럴 만하니까 상대가 반말을 하는 것이라고 생각한 것이다. 인내심은 장하문이 지닌 수많은 덕목 중에 하나이다.

"나를 어찌 아오?"

화운룡은 미소 지으며 화명승을 돌아보았다.

"아버지, 하룡이 왔으니까 본 문은 피신하지 않아도 될 것 같습니다."

"용아……."

화명승만이 아니라 어머니 구소혜와 이 자리에 같이 있는 두 명의 매형들마저 영문을 모르겠다는 표정을 지었다.

"용아, 그분은 누구시냐?"

화명승의 물음에 화운룡은 장하문을 보며 빙그레 미소 지으며 물었다.

"자네 지금은 합비 태극신궁의 책사 노릇을 하고 있겠지?"

"그렇소."

고개를 끄떡인 장하문은 화운룡에 대해서 짙은 흥미를 느꼈다.

화운룡은 화명승에게 포권하며 양해를 구했다.

"아버지, 소자는 이 친구와 잠시 밀린 회포를 풀겠습니다."

"어… 그래라."

화운룡은 장하문을 한 번 쳐다보고는 몸을 돌려 입구 쪽으로 걸음을 옮겼다.

"따라오게."

"허허……."

장하문은 어이없다는 듯 웃으면서도 화운룡의 뒤를 따랐다.

'밀린 회포를 풀겠다고?'

*   *   *

화운룡과 장하문은 운룡재 내전 탁자에 마주 보고 앉았다.

화운룡이 장하문을 다시 만나는 것은 십 년 만이다. 화운룡이 칠십사 세였을 때 칠십구 세인 장하문이 노환으로 죽었기 때문이다.

더구나 이십오 세의 장하문을 보는 것은 처음 있는 일이라서 화운룡은 감회가 남달랐다.

"정말 오랜만이로군."

장하문을 바라보는 화운룡의 눈이 촉촉해졌다. 그를 다시
보게 될 것이라고는 꿈에서도 예상하지 못했다.

그런 모습을 지켜보는 장하문은 이 일에는 필시 무슨 중대
한 곡절이 있을 것이라고 생각했다.

화운룡은 허리를 펴면서 두 팔을 벌렸다.

"자, 궁금한 것이 있으면 무엇이든 다 물어보게."

화운룡은 자신이 자초지종을 설명하면 장하문이 믿을 것
이라고 확신했다.

장하문은 보통 책사가 아니다. 화운룡을 도와서 천하무림
을 일통한 장자방(張子房)인 것이다.

장하문은 화운룡에게서 시선을 떼지 않은 채 조용한 목소
리로 첫 질문을 했다.

"나를 아오?"

"아네."

"우리가 언제 만났소?"

"오십사 년 전."

"······."

장하문의 표정과 눈빛이 크게 흔들렸다. 그는 조금 당황하
는 것 같더니 곧 침착하려고 애쓰면서 물었다.

"오십사 년 전이면 내가 몇 살이었소?"

"서른다섯 살이었지."

"그때 나는 무엇을 하고 있었소?"

"천하를 떠돈 지 칠 년째라고 내게 말했네."

"아······."

장하문은 부지중 나직한 탄성을 흘렸다. 그는 합비 태극신궁은 자신이 있을 곳이 아니라는 사실을 요 근래에 뼈저리게 깨닫게 되어 삼 년만 더 머무르다가 모든 걸 다 훌훌 털어버리고 천하를 주유하리라 마음먹었다.

그의 목적은 자신이 목숨을 바쳐서 충성할 진정한 주군(主君)을 만나기 위함이었다.

장하문이 그 결심을 실천에 옮겼다면 칠 년 동안 천하를 떠돌았다는 화운룡의 말이 정확한 것이다.

"그리고 나는 귀하에게 또 무슨 말을 했소?"

"나를 주군으로 모시고 싶으니까 허락해 달라고 말했지."

장하문의 호흡이 가빠졌다.

"그, 그래서 귀하는 어떻게 했소?"

"나는 홀몸이 좋다는 이유로 자네의 청을 불허했었지. 그러니까 나를 삼 년이나 뒤따라 다니면서 귀찮게 굴더군. 그래서 결국 허락했네."

장하문은 가슴이 터질 것 같은 표정을 짓더니 잠시 후에 한숨을 푹 내쉬었다.

"하아… 이것을 어떻게 이해해야 하는지……."

그는 마른침을 삼키고 나서 진지하게 말했다.

"귀하의 말인즉 내가 귀하를 주군으로 오십일 년 동안 모셨다는 것이군요."

"아닐세. 자넨 칠십구 세에 노환으로 죽었으니까 사십일 년 동안 나와 함께 지냈네."

만약 보통 사람이었다면 이쯤에서 무슨 개소리를 지껄이느냐면서 자리를 박차고 나가야 하지만 깅하문은 절대로 보통 사람이 아니다.

그는 자리를 박차고 나가는 대신 더욱 강한 호기심을 느꼈다.

"귀하가 내 주군이었다면 세상 사람들은 모르지만 나하고 귀하만 알고 있는 나에 대한 비밀 같은 것이 있을 것이오. 그걸 말해보시오."

보통 사람이 아닌 장하문이지만 상황이 상황인지라 몇 마디 말을 듣고 생면부지 청년이 자신의 주군이었다고 덜컥 믿을 수는 없는 일이다.

화운룡은 장하문이 이렇게 나올 것이라고 예상했다.

"자네 어머니는 기녀였네. 정확하게 말하자면 나이 든 퇴물 기녀였지. 항주 서호변 갈대 숲속에서 자네를 낳았지. 아버지는 당대의 석학인 유원종이었는데 어머니께선 자네에게 자신의 성을 따르게 했네."

"아……."

장하문의 출생에 대한 일은 현재까지는 아무도 모르고 있다. 화운룡의 말이 맞다. 그는 기녀, 그것도 늙은 퇴기(退妓)의 아들이었다.

화운룡이 그것을 알고 있는 걸 보면 장하문은 그와 매우 친했던 것이 분명하다.

"어머니는 자네를 낳고 기녀 생활을 그만두시고 절강성 전당강 상류 상산(常山)이라는 곳에 자리를 잡았는데 어렸을 때 자네를 하룡이라고, 동생을 자룡(子龍)이라고 불렀네. 그런데 자룡은 다섯 살 때 병으로 죽었지."

장하문은 후드득 세차게 몸을 떨었다.

"그… 렇소. 틀림없소."

"나중에 어머니는 내가 둘째 아들을 닮았다면서 자룡이라고 부르셨네. 자네는 내가 주군이니까 그렇게 부르면 안 된다고 반대했지만 내가 허락했네. 어머니는 말년에 고향 영평(泳平)에 사시다가 구십오 세에 편안하게 돌아가셨네."

"하아… 어머니께서……."

장하문은 어머니가 구십오 세까지 장수했다는 화운룡의 말에 왠지 가슴이 훈훈해졌다.

화운룡은 빙그레 미소 지었다.

"더 할까?"

"귀하, 어떻게 그런 것들을……."

"자네는 한 자루 명검을 감춰두고 있으며 검 이름은 무황검(武皇劍)이라고 하는데 나를 만난 기념으로 그걸 주었네."

장하문은 더 이상 참지 못하고 벌떡 일어섰다.

"그것까지……."

그는 몇 년 전에 천하의 명검 한 자루를 우연히 얻게 됐는데 검 이름이 없는 무명검이라서 이름을 무황검이라 짓고 나중에 주군을 모시게 되면 드리겠다고 감춰두었다.

화운룡이 말한 내용은 전부 장하문 자신 외에는 아무도 모르는 비밀이며 무황검은 특히 더 그렇다.

더구나 무황검을 화운룡에게 주었다니, 아마도 장하문은 그가 몹시 마음에 들었던 모양이다.

웬만한 일로는 결코 흥분하지 않는 장하문이지만 지금은 그럴 수가 없다.

"귀하의 별호는 무엇이오?"

"십절무황일세."

"오오……."

마음에 쏙 드는 별호다.

"천하무림의 일절(一絶)이라는 절정고수 열 명을 굴복시키고 나서 자네가 지어주었지."

장하문은 환하게 웃었다.

"과연 나다운 작명이오."

그는 다시 자리에 앉아 몹시 진지한 표정을 지었다.

"하나만 묻겠소. 귀하는 천하무림을 일통했소?"

장하문의 야망은 장차 만나게 될 주군을 모시고 천하무림을 일통하는 것이다.

"내가 아니라 우리 둘이 천하무림을 일통했네. 자네를 만난 지 삼십이 년 만의 일이었네."

장하문은 두 손바닥으로 탁자를 두드리면서 기뻐했다.

"하하하하! 내 그럴 줄 알았어! 그럴 줄 알았다니까!"

유쾌하게 웃는 장하문의 눈에 부옇게 이슬이 맺혔다.

화운룡과 장하문은 오십사 년 전 첫 만남 때 그랬던 것처럼 밤을 새워 술을 마시면서 대화를 나누었다.

화운룡은 자신이 어떻게 해서 육십사 년 전으로 오게 되었는지에 대해서도 설명했다.

그러다가 그는 문득 한 가지 사실을 기억해 냈다.

조화경을 이루고 나서 할 일이 없어지면 우화등선에 도전해 보는 것은 어떻겠느냐고 지나가는 말처럼 했던 사람이 바로 장하문이었다는 사실이다.

그 얘기를 하자 장하문은 환호를 하듯이 무릎을 치면서 격절탄상(擊節嘆賞)했다.

"내가 귀하에게 그런 얘기를 했다면 역학(易學)에 나오는 어떤 대목 때문이었을 것이오."

"역학인가?"

"그렇소. 나는 어렸을 때부터 역학에 심취했는데 특히 우화등선과 쌍념절통(雙念絶通)이라는 현상에 대해서 큰 관심을 가졌소."

"그런 얘기는 한 적이 없었네."

"하하하하! 나는 기특히게도 끝까지 비밀을 시켰군."

"못됐군. 나한테까지 비밀이 있었다니."

장하문은 손을 저었다.

"그게 아니오. 내 말을 들어보시오."

그는 쌍념절통에 대해서 설명했다.

두 사람의 간절한 원(願)이 서로에게 이어지고 그들이 우연하게도 한날한시에 원하지 않는 죽음을 맞이하게 되면 극적으로 통한다는 뜻이다.

말하자면 내가 원하는 게 너한테 있고, 네가 원하는 게 나한테 있는데 하필 둘이 억울한 일로 같은 시간에 죽으면 념(念)이 상통한다는 얘기다.

그렇다면 십절무황 화운룡이 원하는 것이 잡룡 화운룡에게 있고, 잡룡 화운룡이 원하는 것이 십절무황 화운룡에게 있었다는 뜻이다.

"나는 장차 주군을 모시게 되고 내가 그분보다 먼저 죽게
된다면 그분에게 우화등선을 권하려고 했소. 내가 공부한 쌍
념절통의 원리가 맞는다면 주군께서는 먼 과거의 위기에 처한
자신의 몸으로 들어갈 수도 있지 않을까 기대했소."

화운룡은 적이 감탄했다.

"호오… 과연 장자방이로다."

"그리되면 주군께선 자연히 날 찾으실 거라고 생각했소. 물
론 가능성은 매우 희박한 일이오."

화운룡은 망연히 허공을 응시했다.

"그것이 쌍념절통이었는가?"

"그런데 설마… 미래의 주군께서 쌍념절통을 하시어 정말
과거로 오셔서 나를 찾을 줄은 몰랐소."

장하문은 갑자기 두 손을 뻗더니 화운룡의 두 손을 잡고
뜨거운 울음을 터뜨렸다.

"어흐흑……!"

"하룡……."

화운룡은 그의 마음을 이해할 것 같아서 잠자코 있었다.

장하문은 한동안 그렇게 있다가 벌떡 일어나서 탁자 옆으
로 나가더니 화운룡을 향해 무릎을 꿇고 절을 올렸다.

"속하 장하문이 주군을 뵈옵니다."

부복한 장하문은 어깨를 들먹이며 나직이 흐느꼈다.

그를 굽어보는 화운룡은 가슴이 뭉클했다.

"일어나라."

화운룡은 장하문을 일으켜서 자리에 앉혔다.

장하문은 감개무량한 표정으로 눈물을 흘렸다.

"백 번 천 번 생각해 봐도 당신은 제 주군이 분명하십니다……! 아아! 이런 일이 있을 수 있다니……."

화운룡은 고개를 끄떡였다.

"결국 자네가 날 부른 셈이로군."

무공이 조화경에 이르면 우화등선을 시도해 보라고 권한 사람이 장하문이었다.

그리고 장하문은 화운룡이 우화등선을 시도하여 운이 좋으면 쌍념절통에 이를지도 모른다고 생각했던 것이다.

화운룡이 장하문에게 보낸 서찰에는 달랑 한 줄의 글이 적혀 있었다.

〈하룡, 이 글을 보는 즉시 태주현 해남비룡문으로 달려와서 명을 받으라. 무황〉

짧지만 거기에는 장하문의 호기심을 자극하는 말이 세 개나 담겨 있었다.

장하문의 아명인 '하룡', '명을 받으라'는 말, 그리고 말미에 '무황'이라는 서명이 그랬다.

서찰을 읽은 장하문은 마치 먼 미래의 주군이 자신에게 서찰을 보냈을지도 모른다는 착각마저 일으켰기에 달려오지 않을 수가 없었다.

"태극신궁으로 돌아갔다가 정리하고 오겠습니다."

동이 부옇게 터올 때 두 사람이 운룡재를 나서는데 장하문이 말했다.

"이제부터 내가 무슨 삶을 살 줄 알고 온다는 겐가?"

"주군께서 무슨 삶을 사시든지 제가 함께 있으면 즐거울 것 같습니다."

두 사람은 뜨락을 가로질러 전문으로 나란히 걸어갔다.

"이 말씀은 꼭 드리고 싶습니다."

"하게."

"십 년 후가 아닌 지금 주군을 뵈었더라도 저는 주군의 군사(軍師)가 되려고 했을 것입니다."

화운룡은 껄껄 호방하게 웃었다.

"하하하! 언제나 보석은 보석이고……"

"돌은 돌입니다."

아무리 오랜 세월이 지나도 보석은 보석으로, 돌은 돌로 남는다는 것은 장하문이 평소에 자주 사용하는 말이다.

"장강수로채 녹림구련의 철사보가 해남비룡문을 멸문시키려고 합니까?"

장하문은 아까 대전에서 화운룡과 화명승 부자가 나누었던 대화를 들었다.

"철사보가 내일 새벽에 급습한다네."

장하문은 그것 때문에 화운룡이 자신을 찾아내서 부른 것이라고 짐작했다.

"그렇습니끼? 그렇다면 제가 가는 길에 철사보에 들르겠습니다."

"그러겠나?"

"염려 마십시오."

두 사람이 전문에 이르자 하인이 장하문의 말을 끌고 왔다.

"혼자 왔나?"

"그렇습니다."

장하문은 혼자 이곳에 왔으며 또한 혼자 철사보에 간다는 것이다. 그래도 화운룡은 걱정하지 않았다. 왜냐하면 그는 장하문이니까.

전문 밖에서 말에 오르기 전에 장하문은 화운룡에게 포권하면서 깊이 허리를 굽히고 나서 말했다.

"늦어도 열흘 안에 돌아오겠습니다."

장하문은 힘차게 말을 몰아 출발했다.

우두두둑!

화운룡은 그의 모습이 보이지 않을 때까지 서서 지켜보다가 전문 안으로 들어갔다.

그를 따르는 소랑이 감탄을 터뜨렸다.

"공자, 조금 전의 그분은 풍채가 정말 헌앙하시지요?"

"그렇더구나."

"그분이 공자의 수하가 된 건가요?"

"그렇단다."

소랑은 화운룡의 팔을 어깨에 둘렀다.

"소녀가 부축해 드릴게요."

"괜찮다."

화운룡이 팔을 빼자 소랑은 다시 팔을 잡아서 어깨에 둘렀다.

"취하셨을 텐데 소녀에게 기대세요."

그러고 보니까 화운룡은 장하문과 꽤 많은 술을 마셨다.

잡룡 화운룡은 원래 허약 체질이라서 술을 몇 잔만 마셔도 몸을 가누지 못할 정도로 만취하는데 지금의 그는 단지 조금 어지러울 뿐이다.

오늘까지 엿새째 그의 체내에서 태자천심운이 왕성하게 돌아가고 있는 덕분이다.

소랑은 자신의 어깨에 둘러진 화운룡의 손등을 가만가만
쓰다듬었다.

　'숙빈 소저의 말이 맞아. 공자께선 여태까지 자신이 천재라
는 사실을 감쪽같이 숨기셨던 거야.'

第七章

청룡전광검(靑龍電光劍)

　한숨 푹 자고 일어난 화운룡은 연공실에서 청룡전광검 일 초식 일변을 가까스로 한 차례 전개했다.

　원래 일변은 눈을 한 번 깜빡이는 것의 절반 정도 빠르기로 전개해야 하지만 그는 열 호흡이나 걸려서 전개했다.

　그러고서도 검을 쥔 쪽의 어깨가 빠지는 것 같고 심장이 목 구멍 밖으로 튀어나올 것처럼 헐떡거렸다.

　'후우… 한 번 더 하자.'

　그런데도 그는 실망하지 않고 외려 더 집착했다. 그의 여러 성격 중에 일면인 근성(根性)이다. 그것은 그를 천하제일인으로 만들어준 여러 성격 중에 하나였다.

화운룡은 사지를 벌린 채 바닥에 널브러졌다가 다시 꾸물거리면서 일어섰다.

그가 우연히 손에 넣었던 최고 절학의 종합서라고 할 수 있는 무극사신공에는 몇 종류의 절학이 들어 있으며 그중에 검법은 사신검법이라고 한다.

사신(四神), 즉 네 가지 검법은 각각 전혀 다른 위력을 지녔는데 첫 번째가 청룡전광검이며 모두 사초식이고 각 초식마다 십팔변이 들어 있다.

십절무황 화운룡은 초창기 십 년 만에 무극사신공 전체를 오 성(成) 터득한 후 철사보를 피로 씻고 천하를 주유하면서 적수를 만났던 적이 손가락으로 꼽을 정도였다.

그리고 그는 무공이 반박귀진(反撲歸眞)에 도달한 이후 완벽하게 터득한 사신검법을 더 이상 사용하지 않았다.

구태여 검법을 사용할 필요성을 느끼지 못했으며, 검법을 사용하게 되더라도 구결에 따르지 않고 초식 전체를 여러 형태나 하나로 뭉뚱그려서 전개하여 위력을 몇 배나 폭발적으로 배가시켰다.

그러나 현재의 화운룡은 사신검법 청룡전광검 일초식 일변조차도 제대로 전개하지 못하고 있다.

그가 어디에 가서 청룡전광검 일초식 일변을 써먹으려면 아무리 느려도 한 호흡 만에 시전해야만 한다.

그렇게만 된다면 최소한 일류검사하고 일 합(合)을 겨룰 수 있을 것이다.

완벽한 청룡전광검 일초식 일변이 전개되면 구태여 이 합까지 가지 않는다. 일 합에 상대를 즉사시킬 것이기 때문이다.

그는 오른손에 한 자루 청강검을 쥐고 검첨을 비스듬히 바닥을 향해 뻗고는 실내 한가운데 세워진 검술 상대 목인을 주시했다.

"후 우 우… 후 우 ."

입으로 거친 호흡을 토해내면서 검을 힘껏 움켜쥐고 마음을 가다듬었다.

그는 머릿속으로 구결 따위를 외우지 않는다. 동작 같은 것도 이미 훤하게 알고 있다.

지금 그가 필요한 것은 복습이다.

＊　　　　＊　　　　＊

이월 십이 일 아침이 밝았다.

육십사 년 전 오늘 새벽에 철사보가 해남비룡문을 습격하여 멸문을 시키지만 다행히 그런 일은 일어나지 않았다.

철사보에 들른 장하문이 일을 잘 처리한 모양이다.

이른 아침에 화운룡은 연공실로 들어가 청룡전광검 일초식을 연마했다.

막화가 찾아왔다.

"흑살루가 귀광도를 죽이지 못했소."

"그런가?"

화운룡은 가볍게 고개를 끄떡였다.

그랬더라도 장하문이 일을 잘 처리했으므로 이제는 괜찮다.

막화는 씁쓸한 표정을 지었다.

"청호리는 다른 살수 조직에 청부하려고 하오."

막화는 방주라고 부르지 않고 별호 청호리라고 불렀다.

"청호리는 처음에 흑살루에 청부하지 않았지?"

막화는 움찔했다가 선선히 시인했다.

"그렇소."

"그리고 이제 와서 흑살루에 청부하려는 것이겠지?"

"그… 렇소."

화운룡은 귀광도를 죽이는 청부 대금으로 은자 만 냥을 내놓았었다.

청호리가 흑살루에 살인청부를 했다면 삼천 냥으로 가능했을 테고 자신이 칠천 냥을 먹을 수 있었다.

그런데도 청호리는 대금으로 은자 삼천 냥씩이나 줘야 하는 것이 아까워서 싸구려 살수 조직에게 청부했다. 욕심이 화를 부른 것이다.

막화는 제 잘못인 것처럼 변명했다.

"소문주는 청호방에 찾아오는 게 아니었소. 흑살루에 직접 청부하는 방법도 있었소."

화운룡은 청룡전광검을 연마하면서 흘린 땀을 수건으로 닦고 나서 손을 저었다.

"됐다."

화운룡은 잠시 생각하다가 일어섰다.

"나하고 같이 가자."

막화는 움찔하며 따라 일어섰다.

"청호방에 갈 것이오?"

"그래."

막화는 고개를 가로저었다.

"청호리에게서 돈을 받아낼 거라면 포기해야 할 거요. 여우 아가리에 밀어 넣은 돈을 받아내는 것은 불가능하오."

"기다려라."

화운룡은 가타부타 말없이 옷을 갈아입으러 들어갔다.

막화는 화운룡과 같이 청호방으로 가는 동안 자주 그를 힐

끔거리며 쳐다보았다.

말끔한 경장 차림으로 갈아입은 그의 모습이 너무도 헌앙하고 준수하기 때문이 아니다.

그가 어깨에 한 자루 검을 메고 있기 때문이다.

막화는 화운룡이 무기를 지니고 다니는 모습을 처음 보았다.

또한 막화가 알기로 화운룡은 무공의 무 자도 몰라서 태주현에서 가장 약한 건달에게 걸려도 두들겨 맞기 일쑤였다.

그래서 막화는 화운룡이 그저 멋으로 검을 멨을 거라고 생각했다. 하지만 아무리 봐도 어색했다.

청호방 앞에서 청호리는 화운룡에게 나직이 귀띔을 했다.

"여차하면 내가 소문주를 돕겠소."

화운룡은 대답하지 않았다. 청호리가 두려울 것 같으면 호위무사 전중을 대동했을 것이다.

그러나 화운룡은 청호리쯤은 자신이 감당할 수 있을 것이라고 생각했다.

화운룡이 비록 청룡전광검 일초식 일변을 간신히 전개하는 수준이지만 하오배 따위에겐 벅찰 터이다.

과연 화운룡이 예상했던 대로 청호리는 배 째라는 식으로 나갔다.

"새로운 임무를 주겠다."

그렇지만 화운룡은 흔들림 없이 조용히 말했다.

청호리는 거만한 자세로 앉아서 손을 저었다.

"새로운 임무 같은 건 없어. 거래 끝났다."

"틀렸다. 내가 끝났다고 해야 끝나는 것이다."

"이자식이……."

청호리는 슬쩍 인상을 썼다.

그는 잡룡 화운룡 따윈 추호도 두려워하지 않았다.

화운룡의 싸움 실력이나 가문의 배경 같은 것은 밑바닥이다. 청호리기 회운룡을 죽었다는 사실이 일러지면 조금 골치 아파지겠지만 죽어서 깔끔하게 시체를 처리한다면 그런 일조차 일어나지 않을 것이기 때문이다.

탁자를 마주하고 앉아 있는 화운룡과 청호리 사이에 서 있는 막화는 언제든지 품속의 겸자를 꺼내서 청호리를 공격할 수 있도록 눈도 깜빡이지 않고 만반의 준비를 했다.

화운룡은 꼿꼿한 자세를 유지하며 중얼거렸다.

"죽고 싶으냐?"

"어……."

청호리는 어이없다는 표정을 지었다. 쥐새끼가 고양이한테 죽고 싶으냐고 으름장을 놓고 있으니 기가 막힐 일이다.

청호리는 오른쪽 어깨에 대감도(大坎刀)를 메고 있는데 자신이 언제라도 대감도를 뽑기만 하면 화운룡은 죽은 목숨이라고 생각했다.

어쨌든 청호리로서는 화운룡을 죽이면 귀찮아질 테니까 그가 자신의 처지를 알고 이대로 조용히 물러가기를 원했다.

"대답해라. 죽겠느냐? 아니면 거래를 하겠느냐?"

"이 새끼기……."

결국 청호리는 화를 참지 못하고 벌떡 일어서면서 어깨의 대감도를 뽑았다.

순간 막화와 청호리는 눈앞에서 새파란 청광(靑光)이 번쩍!하고 빛나는 것을 보았다.

"억……!"

그리고 청호리는 자신의 목 한복판에 찌를 듯이 닿아 있는 검을 보고 눈을 부릅뜨며 놀랐다.

우뚝 일어서 있는 화운룡이 어느새 검을 뽑아 청호리의 목을 찌를 듯이 겨누고 있다.

청호리는 일어섰지만 오른손이 어깨의 대감도 도파를 잡고 있을 뿐이다.

그리고 막화의 오른손은 품속에 들어가 있었다. 겸자를 꺼내려고 했지만 아직 겸자 손잡이도 잡지 못했다.

화운룡은 표정의 변화 없이 조용히 중얼거렸다.

"어떻게 하겠느냐?"

"으으……."

청호리는 지금 자신에게 일어난 믿어지지 않는 일 때문에
제정신이 아니다.

슥…….

화운룡이 검을 약간 앞으로 밀자 검첨이 약간 청호리의 목
에 파고들었다.

"으어어… 도… 돈을 다 드리겠습니다… 제발……."

"돈은 필요 없다. 다만 거래는 계속된다. 알겠느냐?"

"으흐흐… 마… 말씀만 하십시오……."

청호방을 나서는 화운룡은 입맛이 썼다.

사신검법 청룡전광검을 저따위 하오배에게 사용했다는 자
괴감 때문이다.

그러나 어쩌겠는가. 이것이 화운룡의 현실이다.

*　　　　*　　　　*

태극신궁에 장하문을 만나러 갔었던 호위무사 전중이 화
운룡 앞에 서 있었다.

"외출을 허락해 주십시오."

"며칠이면 되겠나?"

"내일 아침에 돌아오겠습니다."

화운룡은 전중이 맡은 바 임무를 충실하게 해냈기 때문에 어떤 형태로든 상을 주고 싶었다.

"어딜 가는 건가?"

며칠 쉬었다가 와도 되는데 겨우 하루 만에 돌아온다기에 궁금해서 물었더니 전중이 곤란한 표정을 지어서 화운룡은 손을 내저었다.

"대답하지 않아도 되네."

"아닙니다. 말씀드리겠습니다."

전중은 머뭇거리면서 말했다.

"아내에게 다녀오려는 겁니다."

"자네 혼인했나?"

"그렇습니다."

그는 아내와 단둘이서 떠돌이 생활을 하고 있다는 것이다.

그동안 벌이가 시원치 않아서 부부가 여기저기 떠돌면서 이것저것 닥치는 대로 잡일을 하여 입에 풀칠을 하는 정도였으나, 이 년 전 태주현에 와서는 전중이 해남비룡문의 문객이 되어 한 달에 은자 다섯 냥씩 녹봉을 꼬박꼬박 받는 덕분에 그 돈으로 안정적인 생활을 하고 있다고 한다.

은자 한 냥에 각전(角錢), 즉 구리 돈 삼십 냥이니까 전중은 한 달에 각전 백오십 냥을 벌고 있다.

그 정도면 돈을 모으거나 사치는 하지 못해도 궁색하지 않게 생활할 수 있는 액수다.

해남비룡문에서 아무것도 하지 않고 무위도식하는 문객들에게 은자 닷 냥이라는 다른 방파나 문파에 비해서 매우 후한 녹봉을 주는 데는 그만한 이유가 있다.

해룡상단에는 늘 호위무사가 부족한 탓에 문객들이 장차 상단의 호위무사가 돼주기를 바라고 있다.

해룡상단의 호위무사가 되면 최초 녹봉이 은자 열 냥이며 한 번 출정에서 돌아오면 다녀온 거리와 출정을 다녀온 날짜에 비례해서 최소 닷 냥에서 최대 열 냥까지의 은자를 수당으로 더 받는다.

호위무사들은 한 달에 한 번 내지 두 번 정도 출정을 다녀오기 때문에 기본 녹봉과 수당을 합하면 매월 은자 열닷 냥 이상의 수입이 된다는 얘기다.

그 정도 액수면 일가족이 풍족한 생활을 누릴 수가 있다.

그래서 해남비룡문에 문객으로 들어온 무사들은 문객 노릇을 오래하지 못하고 길어야 한두 달 안에 해룡상단의 호위무사가 되는 수순을 밟아왔다.

전중은 해남비룡문의 문객으로 머문 지가 이 년이 훌쩍 넘었기에 이십여 명의 문객 중에는 최고참이다.

사실 그는 하루에도 몇 번씩이나 해룡상단의 호위무사가 되려는 유혹과 힘겹게 싸워야만 했다.

호위무사가 되면 녹봉이 현재보다 최소한 세 배 이상 받을 수 있기 때문이다.

또한 문객으로 무위도식하면서 공밥을 먹으며 꼬박꼬박 매월 녹봉을 받아 챙기는 일이 그의 강직한 성격으로는 용납하기 힘들었다.

그런데도 그가 선뜻 호위무사로 나서지 못하는 이유는 아내를 태주현에 혼자 놔둬야 했기 때문이다.

그가 돈을 벌어야 하는 이유는 오로지 사랑하는 아내와 안주하여 행복하게 살기 위함인데, 만약 그가 없는 동안 아내에게 무슨 일이라도 생긴다면 억만금이 있다고 해도 아무 소용이 없는 일이다.

그래도 요즘은 워낙 돈에 압박을 받다 보니까 해룡상단의 호위무사가 되려는 쪽으로 마음이 많이 기울었고, 아내도 그가 없는 동안 혼자 잘 견딜 테니까 그에게 호위무사가 되라고 응원하던 터였는데 갑자기 화운룡이 그를 개인 호위무사로 거두었던 것이다.

"자네 아내는 어디에 있나?"

"현 내에 있습니다."

"자네 집이 현 내에 있나?"

"방조(房租: 월세)로 방 하나를 빌려서 살고 있습니다."

"혹시 자네 부인도 일을 하고 있나?"

화운룡은 전중의 아내가 집에서 놀고 있지만은 않을 것이라고 생각했다.

전중은 얼굴을 붉혔다.

"현 내 주루의 주방에서 일을 합니다."

"그런가?"

전중은 수줍게 자신의 포부를 밝혔다.

"둘이 열심히 벌어서 작은 집을 사려고 합니다."

"자네 부인은 무슨 재주가 있나?"

전중은 얼굴을 붉혔다.

"별다른 재주가 없습니다. 그래서 주루의 주방에서 허드렛일을 하고 있는 겁니다."

전중은 해남비룡문의 문객으로 있었기 때문에 아침저녁으로 출퇴근을 하지 못했다.

아내가 태주현 월세방에 있지만 문객인 주제에 염치없이 뻔질나게 아내를 만나러 외출하지 못한 것이다.

화운룡은 고개를 끄떡였다.

"자네 부부, 여기 운룡재에서 살면 어떻겠나?"

"······."

전혀 예상하지 못했던 제의에 전중은 움찔 놀라 아무 말도 하지 못했다.

"운룡재에는 방이 많으니까 자네 부부가 살면 앞으로는 떨어져 있지 않아도 되겠지."

전중은 갑자기 굴러든 행운에 반신반의하는 표정을 지었
다.

"그… 래도 됩니까?"

"그리고 자네 부인이 운룡재에서 일을 할 수 있도록 해주겠
네. 최초 녹봉은 은자 닷 냥으로 하지."

전중은 너무 놀라서 눈을 커다랗게 떴다가 깊숙이 허리를
굽혔다.

"가, 감사합니다……!"

전중의 아내는 주루에서 허드렛일을 하고 한 달 녹봉으로
은자 반 냥, 즉 구리 돈 열다섯 냥을 번다.

전중이 말렸지만 그녀는 한 푼이라도 벌어서 집을 사는 돈
에 보태고 싶어 했으며 전중은 아내의 고집을 꺾지 못했다. 그
러면서 자신의 무능함을 탓했다.

그런데 전중 부부가 운룡재에서 같이 살게 되면 떨어져 있
지 않아도 되고 매월 방조비 은자 두 냥을 절약하게 된다.

더구나 아내가 운룡재에서 일을 하고 매월 은자 닷 냥씩이
나 벌게 되다니, 전중으로서는 믿기 어려운 행운이다.

둘이 벌면 매월 은자 열닷 냥을 고스란히 모으게 되니까
집을 사게 되는 날도 멀지 않을 터이다.

"오늘 외출했다가 아내를 데리고 오게."

전중은 앉아 있는 화운룡을 감격한 표정으로 바라보다가 조심스럽게 말을 꺼냈다.

"저… 주군으로 모시고 싶습니다."

"나를?"

전중은 태극신궁의 책사 장하문이 해남비룡문을 떠날 때 화운룡에게 '주군'이라고 부르며 공손하게 허리를 굽히는 장면을 목격했다.

어찌 된 영문인지는 모르겠지만 안휘성뿐만 아니라 강소성에서도 유명한 장하문이 화운룡이 서찰을 빌고 한날음에 달려온 것이나, 또한 그를 한나절 만에 주군으로 모실 정도면 화운룡은 필경 범상한 인물이 아니라고 판단한 것이다.

더구나 이렇게 큰 은혜까지 입었으므로 전중에게 화운룡은 그저 평범한 사람이 아니게 되었다.

"재주가 미천하여 자격은 없으나 주군으로 모시고 싶습니다. 허락해 주시면 목숨을 바치겠습니다."

화운룡은 물끄러미 전중을 응시했다. 그는 지난 육십사 년 중에 수많은 사람을 만났지만 그들 중에 전중은 없었다. 그러니까 이것은 화운룡과 전중의 최초의 인연이다.

이윽고 화운룡은 고개를 끄떡였다.

"그렇게 하게."

"감사합니다!"

전중은 펄쩍 뛸 듯이 기뻐하며 그 자리에 무릎을 꿇고 큰 절을 올렸다.

"속하 전중, 주군을 뵈옵니다."

소랑은 조금 떨어진 곳에서 그 광경을 지켜보면서 너무 기뻐 눈물을 글썽였다.

'우리 공자님, 정말 장하셔……'

*   *   *

화운룡은 아버지와 마주 앉았다.

아버지 옆에는 어머니가 앉아 있으며 뒤쪽에 큰매형과 작은 매형이 나란히 서 있었다.

"철사보 때문에 피신하지 않아도 될 것 같습니다."

"그래?"

아버지 화명승을 비롯한 모두는 화운룡의 갑작스러운 말에 기뻐하기보다는 크게 놀라서 영문을 몰라 했다.

"무슨 일이 있었던 것이냐?"

"어제 소자를 찾아온 장하문이 철사보에 갔습니다."

아버지와 매형들이 듣기로는 어제 화운룡을 찾아왔던 사람이 합비 태극신궁의 책사라고 했었다.

합비 태극신궁은 안휘성 전역을 지배하는 안휘제일방파다.

그리고 태극신궁이 오늘날의 대방파가 된 데는 책사인 신기서생(神奇書生) 장하문의 공이 지대했다는 것은 널리 알려진 사실이다.

"그 사람이 정말 신기서생이었느냐?"

"그렇습니다."

화명승은 놀라움을 추스르며 물었다.

"그런데 그 사람이 어째서 본 문에 온 것이냐?"

"소자가 와달라고 서찰을 보냈습니다."

"서찰을?"

모두들 어리둥절한 표정을 지었다.

"네 서찰을 받고 그가 왔다는 말이냐? 대체 뭐라고 썼기에 신기서생 같은 거물이 너를 만나러 왔다는 게냐?"

화운룡은 부드러운 미소를 지었다.

"그냥 와달라고 적었습니다. 사실 그 사람하고는 예전부터 친분이 있었습니다."

"신기서생이 너하고 친분이 있었다고?"

화명승은 아들이 무슨 말을 하는 것인지 도무지 이해가 되지 않았다.

천하에 다시없을 개망나니 잡룡 아들이 며칠 전부터 완전히 다른 사람이 된 것 같았다.

정확하게 말하면 화운룡이 납치범들에 의해서 율하 강물에 던져졌다가 열흘 만에 깨어났을 때부터였다.

그때의 충격 때문에 화운룡이 새사람이 된 것이 아닐까 하고 억지로 꿰어 맞춘다고 해도 여전히 이해되지 않는 것이 한두 가지가 아니다.

"철사보가 본 문을 위협하고 있으니까 그걸 해결해 달라고 신기서생을 철사보에 보냈습니다."

화명승은 놀라서 눈을 휘둥그렇게 뜨고 기절할 것 같은 표정을 지었다.

"보… 내? 네가 신기서생을?"

"네, 아버지."

누군가를 어디로 보내는 일은 윗사람이 수하에게나 할 수 있는 일이다.

하물며 저 유명한 신기서생을 화운룡이 달랑 서찰 한 장으로 이리 오라 부르고, 또한 말 한마디로 철사보에 보냈다는 말이 화명승 등은 도저히 믿어지지 않았다.

화명승은 황당한 표정으로 잠시 화운룡을 쳐다보다가 이윽고 조심스럽게 물었다.

"네가 정녕 내 아들이 맞느냐?"

지금 같은 상황에서 그런 근본적인 의구심이 드는 것이 이상한 일은 아니다.

"소자가 아버지 아들이 아니면 누구겠습니까?"

화운룡은 그렇게 반문하면서도 내심으로는 씁쓸한 마음을
떨쳐 버리기 어려웠다.

아버지를 비롯한 가족들을 놀라게 하지 않으려면 그가 계
속 개망나니 짓에 잡룡 노릇을 하면서 차츰 조금씩 정신을 차
려가는 과정을 보여주면 이런 일이 없을 테지만, 제정신을 갖
고 일부러 그런 짓을 한다는 것은 불가능한 일이다.

               *   *   *

씨웃!

화운룡이 전력으로 휘두른 검이 묘한 파공음을 내면서 전
방을 향해 그어졌다.

쩌어…….

"웃!"

발출된 검이 표적으로 한 목인에 틀어박히는 순간 화운룡
은 손아귀가 찢어지면서 나직한 신음을 터뜨렸다.

화운룡은 검을 놓치고 비틀거리며 뒤로 물러났다.

오른 손아귀가 찢어져서 피가 흘렀지만 그보다 먼저 목인
에 박힌 검을 확인했다.

화운룡보다 키가 머리 하나쯤 작은 목인의 이마 미간에서
왼쪽으로 두 치 벗어난 곳에 검이 반 뼘 깊이로 박혔다.

단단한 박달나무 목인에 검이 틀어박히는 충격에 그의 손아귀가 찢어지며 검을 놓친 것이다.

검법의 위력이 워낙 강력한 탓에 일단 전개되면 현재 그의 능력으로는 제어하는 것이 어렵다.

청룡전광검은 최소한 일 갑자 반 구십 년의 내공이 있어야지만 자유자재로 제어가 가능하다.

그런데 그는 내공 자체가 없는 상태에서 검초식을 전개했으므로 제어는커녕 검이 목인에 박히는 순간의 충격으로 검파를 잡고 있지도 못한 것이다.

내공이 없는 상태에서 순전히 검초식의 위력만으로 전개됐으니 망정이지 약간의 내공이라도 실렸다면 그의 손목이나 팔이 찢어져 나갔을 것이다.

그러나 그는 손아귀가 찢어진 고통 대신 목인에 검을 박았다는 소기의 목적을 달성한 것에 더 큰 의미를 두었다.

'됐다. 이제 하루쯤 더 수련하면 한 호흡에 일변을 전개할 수 있을 것이고, 거기에서 이틀쯤 수련하면 검을 놓치지 않게 될 것이다.'

그는 자신의 현재 상황을 정확하게 진단했다.

*　　　*　　　*

철사보주 귀광도 두굉(斗宏)은 두 가지 일 때문에 심기가 매우 불편했다.

하나는 이틀 전에 그를 찾아온 장하문이라는 인물 때문이다.

배짱 좋게도 혼자서 철사보에 찾아온 장하문은 두굉에게 어이없는 경고를 했다.

"나는 합비 태극신궁의 장하문이다. 태주현 해남비룡문의 소문주이신 화운룡은 나의 주군이시니 철사보는 절대 주군의 그림자조차 밟지 말 것이며 해남비룡문을 괴롭히지 마라. 만약 이를 어길 시에 귀광도 두굉 너와 철사보는 지옥을 경험하게 될 것이다."

단언하건대 두굉은 지금껏 태주현의 해남비룡문을 한 번도 괴롭힌 적이 없으며, 그곳 소문주인 화운룡이라는 작자는 이름도 들어본 적이 없다.

그러므로 앞으로도 해남비룡문을 괴롭힐 일이 절대로 없다.

그런데 장하문이라는 작자가 불쑥 나타나서 화운룡의 그림자를 밟거나 해남비룡문을 괴롭히면 지옥을 경험하게 해주겠다고 엄포를 놓고 간 것이다.

그렇지만 두꿩은 장하문 면전에서 변명 한마디 하지 못하고 그저 공손히 그러겠노라고 약속을 해주었다.

신기서생 장하문에 대한 소문은 두꿩도 귀에 딱지가 앉을 정도로 많이 들었기 때문에 그의 심기를 건드리거나 그의 경고를 무시하는 것은 좋지 않다.

두꿩으로선 장하문의 경고를 지키기는 하겠지만 기분이 나쁜 것만은 사실이다.

그리고 두꿩을 불쾌하게 만든 또 하나의 사건은 장하문이 찾아오기 하루 전에 일어났다.

한밤중에 살수 두 명이 철사보에 잠입하여 두꿩을 죽이려다가 실패하여 한 명은 죽고 한 명은 중상을 입은 채 제압되는 일이 있었다.

녹림 무리 철사보의 보주라고 얕본 것인지 아니면 형편없는 살수들인지, 하여튼 살수들이 자신을 암살하려던 것 때문에 그는 몹시 불안하면서도 불쾌했다.

제압된 살수는 중상을 입어서 지금 치료 중이다. 살수가 정신을 차리면 어떤 놈이 청부를 했는지 알아내서 기필코 복수를 할 생각이다.

"두 형, 무슨 생각을 그리 골똘하게 하는 것이오?"

맞은편에 앉은 인물이 두꿩에게 물었다.

"아… 뭐 좀 생각하느라고, 미안하오."

두굉은 평소 호형호제하며 친분이 있는 같은 녹림구런 휘하 창혼부(蒼魂府)의 부주 창랑도(蒼狼刀) 직황(稷黃)에게 입으로만 벙긋 웃어 보였다.

"그래, 직 형은 무슨 일로 어려운 걸음을 한 거요?"

고슴도치 같은 수염을 기르고 체구가 당당한 직황은 수염을 쓰다듬으며 운을 뗐다.

"두 형은 혹시 강 건너 태주현에 해남비룡문이라는 삼류에도 못 미치는 소문파가 있다는 것을 아오?"

"알고 있소."

두굉은 속으로 '또 해남비룡문인가'라고 중얼거리면서 고개를 끄떡였다.

사실 두굉은 신기서생 장하문이 말하기 전에는 그런 문파가 있다는 정도만 겨우 알고 있었다.

직황의 눈빛이 가라앉았다.

"요점만 말하겠소. 조만간 우리가 해남비룡문을 칠 계획인데 두 형이 허락해 주시오."

두굉의 눈이 조금 커졌다.

"해남비룡문을 습격하겠다는 말이오?"

"그렇소."

"이유가 뭐요?"

직황은 상체를 기울여 두굉과의 거리를 가깝게 했다.

"해남비룡문이 해룡상단을 운영하고 있는데 돈하고 값비싼 물건이 꽤 있다는 정보가 있소."

"그렇소?"

두굉은 건성으로 고개를 끄떡였다.

"우리 창혼부는 요즘 자금 사정이 최악이라서 풀죽도 못 먹을 형편이오. 그래서 해남비룡문을 털면 숨통이 트일 것 같소. 두 형, 눈감아주시오."

"흐음……."

창혼부는 철사보와 같은 장강수로채 녹림구련의 하나이며 철사보 서쪽 옆 동네를 관장하고 있다.

즉, 장강이 동해와 만나는 곳에서 장강 남경까지가 철사보의 세력권이고, 거기에서부터 서쪽으로 안휘 남부 지역인 동릉현(銅陵縣)까지 삼백오십여 리 일대가 창혼부의 영역이다.

물론 그 영역을 창혼부가 혼자서 다 지배한다는 얘기가 아니다. 날짐승들의 영역이 다르고 들짐승과 물속 어류의 영역이 다르듯이 그 영역 안에는 관가와 무림의 정파, 사파, 마도, 녹림, 화적 무리들이 서로 공존하고 있다.

그런데 창혼부의 세력권 안에는 거의 농촌과 어촌들만 우글거려서 돈이 되는 일이 없다.

"두 형, 허락해 주시오. 나는 벼랑 끝에 서 있소."

직황이 다시 한번 사정을 하자 두굉은 짐짓 생각하는 체하며 뜸을 들였다.

직황은 애가 탔다.

"두 형, 성공하면 내 두 형에게 섭섭하지 않게 인사를 할 생각이오."

사실 두광은 내심 쾌재를 부르고 있었다.

생전 본 적도 없는 신기서생 장하문이라는 작자가 나타나서 개지랄을 떨며 해남비룡문을 건드리면 지옥이 어쩌고저쩌고 할 때부터 기분이 더러웠지만 꾹 참고 있었는데, 직황이 대신 해남비룡문을 손봐준다면 두광으로선 손도 대지 않고 코를 푸는 격이다.

해남비룡문이 멸문을 당하더라도 장하문이 두광을 지옥으로 보내지는 않을 것이다.

직황이 어떻게 되든지 그건 두광이 알 바 아니다. 원래 녹림계의 의리라는 게 다 그렇고 그런 것이다.

두광은 손을 내저었다.

"인사는 필요 없소. 직 형 좋을 대로 하시오."

"두 형."

"그 대신 생존자나 목격자가 한 명도 없도록 하고 절대 흔적을 남기지 마시오."

"알았소. 이 은혜 잊지 않겠소."

직황은 해남비룡문 습격이 성공한 것이나 다름이 없다는

듯 싱글벙글하면서 돌아갔다.

　두꾕은 자신을 암살하려다가 중상을 입고 제압당한 살수
가 정신을 차렸다는 전갈을 받고 뇌옥으로 달려갔다.

　"뭐어?"

　띄엄띄엄 간신히 말하는 살수의 실토를 듣고 두꾕은 어이
없는 표정을 짓다가 와락 살수의 멱살을 움켜잡았다.

　"다시 말해봐라. 누가 날 죽이라고 청부했다고?"

　"으으… 해… 남비룡문의 소문주요……."

　잘못 들은 게 아니다. 살수는 두 번씩이나 똑같이 해남비룡
문 소문주를 지목했다.

　"이런 염병할!"

　두꾕은 멱살을 잡았던 살수를 확 팽개쳤다.

　신기서생 장하문은 해남비룡문 소문주가 자신의 주군이라
면서 그의 그림자조차 밟지 말라고 두꾕에게 경고했는데 그
전에 해남비룡문 소문주가 살수 조직에 그를 죽이라고 청부
를 했다는 것이다.

　두꾕의 얼굴이 보기 싫게 일그러졌다.

　"이것들이 정말……."

*　　　　　*　　　　　*

전중 부부는 내전에서 화운룡을 기다리고 있었다.

나란히 앉아 있던 이들 부부는 화운룡이 들어서자 동시에 벌떡 일어섰다.

허름하지만 깨끗한 솜옷을 입고 있는 전중의 아내는 남편에 비해서 키가 머리 하나는 작고 체구는 절반밖에 안 될 정도로 아담하고 여린 체구를 지녔다.

"앉게."

화운룡이 탁자 앞에 앉으며 부부가 앉아 있던 맞은편을 가리켰지만 두 사람은 허둥거리면서 탁자 옆으로 나와 화운룡을 향해 나란히 섰다.

"주… 주군, 속하의 아내입니다. 어, 어서 인사 올려라."

전중이 허둥거리자 아내는 더욱 당황해서 어쩔 줄 모르고 두 손으로 옷자락만 꼭 붙잡고 있다.

"쯧쯧쯧… 전중, 자네 허둥거리는 꼴이 마치 기름 솥에 빠진 강아지 같구나."

화운룡은 두 사람의 긴장을 풀어주려고 우스갯소리를 했는데 그게 먹히지 않고 오히려 부작용이 벌어졌다.

두 사람은 자신들이 화운룡에게 꾸지람을 들은 것이라고 곡해한 것이다.

아내는 쓰러지듯이 그 자리에 털썩 무릎을 꿇더니 바닥에 납작하게 엎드리며 절을 올렸다.

"소… 소인은 전중의 미천한 아내인 연랑(淵琅)이라고 하옵니다. 대인께서… 아니… 주군께서 베푸신 은혜 목숨을 바쳐 보은하겠나이다……."

전중의 아내 연랑이 상처 입은 종달새처럼 바들바들 떨리는 목소리로 고하자 전중이 그 옆에 말없이 부복하며 화운룡의 하회를 기다렸다.

슥…….

"일어나라."

화운룡은 두 사람에게 손을 뻗으면서 무형강기를 발출하려다가 씁쓸한 표정을 지었다.

예전에는 이런 상황에 무형강기를 일으켜서 부복한 사람을 일으켜 세우던 습관이 있어서 부지중 자신도 모르게 손이 나간 것이다.

"어… 연랑이라고 했느냐? 몇 살이냐?"

화운룡은 어색함을 감추려고 맞은편에 앉으라는 손짓을 하면서 물었다.

"열여덟 살입니다."

"뭐어?"

어쩐지 연랑이 앳되고 귀여워 보인다 했더니 아직 어리고 파릇파릇한 십팔 세라고 한다.

그러고 보니까 아직 솜털이 보송보송한 데다 나이가 어려서 키와 체구가 작은 것이었다.

"전중, 넌 몇 살이냐?"

전중은 움찔해서 고개를 푹 숙였다.

"서른네 살입니다……."

'날강도 같은 놈!'

화운룡은 기가 막혀서 하마터면 내심의 고함을 밖으로 내지를 뻔했다.

화운룡에겐 남들에게 밀 못 할 회기(晦氣: 액운) 같은 깃이 있다. 절대적으로 여자에 대한 애정운, 말하자면 여운(女運)이 없는 것이다.

십절무황 시절의 그는 백사장의 모래알처럼 많은 미녀를 만났다.

준수하면서도 절정고수인 그에게 천하의 미녀들이 줄을 서서 사랑을 고백했다.

그녀들 중에서 가물에 콩 나듯이 아주 간혹 마음에 드는 여자가 있기는 했지만, 별별 말 같지 않은 이유가 생겨서 결국은 인연으로 이어지지 못했다.

여북하면 팔십사 세 나이에도 숫총각 동정을 지니고 있었겠는가 말이다.

물론 십절무황이나 그 이전 무적검신(無敵劍神) 시절에 그에게 몸을 바치겠다는 여자들을 줄 세워놓으면 십 리는 뻗었을 것이다.

하지만 그는 마음이 가지 않는, 즉 사랑하지 않는 여자는 절대 안지 못하는 고결한 성품의 소유자였다.

더구나 마음 깊은 곳에 평생 짝사랑하는 어인을 담고 있었으므로 그녀 외에 다른 여자를 사랑하는 일이 무척이나 힘겨울 수밖에 없었다.

그런데 그렇게 해서라도 기껏 사랑하고 싶은 여자를 만나면 그럴 때마다 하늘이 훼방을 놓는 것인지 반드시 깨지고 말았다.

그래서 전중처럼 여복이 넘치는 놈을 보면 솔직히 배알이 뒤틀리지만 그의 대단한 수양심으로 겨우 극복했다.

전중이 서른네 살이고 연랑이 열여덟 살이면 나이 차이가 무려 열여섯 살이다. 만약 전중이 일찍 장가를 갔었다면 연랑 같은 딸이 있을 것이다.

화운룡이 전중에게 줄 검법서 작성을 막 끝냈을 때 아버지 화명승의 부름을 받았다.

화운룡은 전중이 이왕 자신의 호위무사가 되었으니까 썩 괜찮은 검법 하나를 전수하려는 것이다.

전중에게 줄 검법서도 물론 천하무림을 대표할 만한 검법,

즉 명숙절학 중에 하나다.

숙빈에게 준 기절검법과 기천심공도 그랬었지만 전중에게 줄 단천검법(斷天劍法)과 청령심결(靑靈心訣) 역시 원래 난해한 구결을 알기 쉽게 풀어서 기록했다.

화운룡은 아버지를 뵈러 가는 길에 전중에게 검법과 심결을 적은 책자를 주었다.

"외우게."

"네?"

"내가 들어올 때까지 그 책자를 외우라는 기야."

전중은 대전 입구로 걸어가는 화운룡과 자신의 손에 쥐어진 책자를 번갈아 쳐다보았다.

화운룡은 대전 바닥에 무릎을 꿇은 채 바닥을 닦고 있는 연랑을 발견하고 멈췄다.

"뭘 하는 것이냐?"

연랑은 화들짝 놀라서 일어섰다.

"처… 청소를 하고 있어요……!"

"그런 건 하녀가 할 일이다."

"저는……"

연랑이 자신도 하녀라고 말하려는데 화운룡이 말을 잘랐다.

"연랑, 너는 내 호위무사의 부인이지 하녀가 아니다."

"그럼 저는······."

화운룡은 연랑이 할 일을 딱히 정해두지 않았기 때문에 그녀에게 시킬 만한 적당한 일이 떠오르지 않았다.

그때 화운룡을 뒤따라오던 소랑이 연랑에게 지시했다.

"언니는 공자의 거처를 정돈하세요."

"네······? 네!"

연랑은 바삐 대전 안으로 들어갔다.

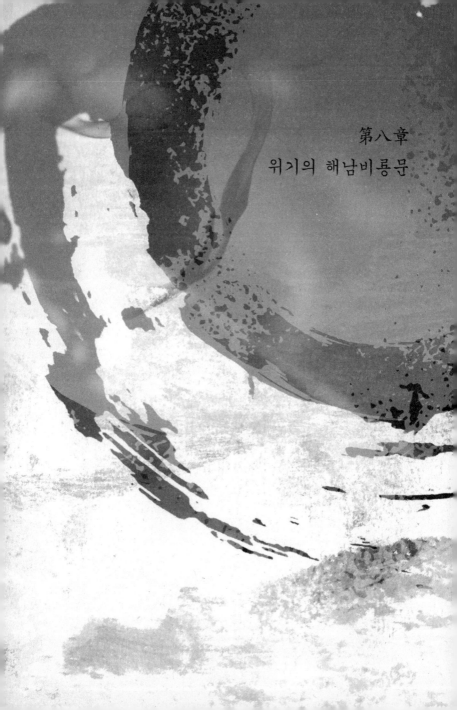

第八章
위기의 해남비룡문

　부모님을 비롯한 가족들은 철사보의 위험에서 완전히 벗어
난 기쁨을 만끽했다.

　저녁 식사 겸 연회가 벌어진 자리에는 어린 조카들을 제외
하고 전 가족이 다 모여서 즐겁게 먹고 마시며 오랜만에 찾아
온 평화를 진심으로 기뻐했다.

　화명승은 입만 열면 외아들 화운룡의 눈부신 활약을 극찬
했으며, 화운룡이 서찰 한 통으로 신기서생 장하문을 불러서
철사보로부터 해남비룡문을 구했다는 말을 전해 들은 네 명
의 누이들까지 침이 마르도록 화운룡을 칭찬하느라 밤이 깊

어가는 줄도 몰랐다.

화명승과 큰매형 반도정, 작은매형 차도익(車道翼)은 술시(戌時: 밤 8시경)가 지나기도 전에 이미 대취했다.

큰누나와 작은누나도 기분이 좋은 나머지 홀짝거리면서 마신 술에 적당하게 취해서 시키지도 않은 노래를 부르면서 흥을 돋우었다.

연회에서 정신이 말짱한 사람은 화운룡과 어머니, 두 명의 여동생이다.

화운룡은 술자리가 파하면 운룡재로 돌아가서 전중에게 단천검법과 청령심결에 대해서 설명을 해주고 나서 청룡전광검을 수련할 생각이므로 술을 거의 마시지 않았다.

그런데 화명승은 처음에는 기뻐서 연신 웃었지만 반 시진 전부터는 몹시 취해서 계속 넋두리만 하고 있다.

두 매형 반도정과 차도익도 장인어른에 동화되어 화명승의 넋두리에 고개를 숙이면서 홀쩍홀쩍 울다가 급기야 탁자를 두드리며 대성통곡을 했다.

"크흑……! 못난 아들이 아버님께서 일으킨 해남비룡문을 더욱 발전시키지는 못할망정 그나마 있던 것도 다 말아먹고 이제 껍데기만 남았구나……."

"으흐흑! 장인어른, 저희가 못나서 그렇습니다! 제가 일류고수였다면 해남비룡문을 일으키는 데 조금이나마 도움이 됐을 텐데 워낙 일천한 무공이라서……."

"흐어엉! 저희들이 죄인입니다… 아버님……! 끄흐흑……!"

화명승과 두 매형이 저마다 자기가 죄인이라고 울어대자 어머니와 두 누나도 울기 시작했다. 원래 눈물은 전염성이 강한 법이다.

아버지의 자책 섞인 푸념과 넋두리가 계속되는 바람에 철사보의 위험으로부터 자유로워진 것을 축하하던 연회는 졸지에 눈물바다가 되고 말았다.

화운룡은 소리 죽여서 흐느끼며 연신 눈물을 닦는 어머니를 위로했다.

"어머니, 그만 우세요."

"네 아버지께서 저렇게 괴로워하시는 모습을 차마 볼 수가 없구나."

화운룡은 어떤 말로도 어머니를 위로하지 못한다는 사실을 깨달았다.

화운룡은 운룡재로 돌아오면서 깊은 생각에 잠겼다.

그는 아버지가 저렇게 괴로워하는 게 모두 자신의 탓인 것만 같았다.

아버지는 원래 무공에 소질이 없으며 그가 봤을 때 자질도 하급에 속했다.

그는 어렸을 때 아버지가 얼마나 무공 수련에 몰두했는지 잘 알고 있다.

뿐만 아니라 아버지는 해룡상단을 운영하면서도 틈만 나면 가문의 성명검법인 비룡운검(飛龍雲劍)을 맹훈련했다.

하지만 그런네도 무공이 늘지 않고 답보 상태이니 어느 누구보다도 아버지 자신이 미칠 지경이었을 것이다.

화운룡은 어렸을 때, 정확하게 일곱 살 무렵에 할아버지 화성덕으로부터 직접 비룡운검을 가르침받았다.

그런데 반년쯤 검법을 배운 어느 날 해남검파에서 온 검사들이 해남비룡문에 들른 적이 있었다.

삼십 명 정도로 구성된 그들은 해남순환검사(海南巡還劍士)라고 하는데, 해남검파 출신들이 세운 무림의 문파들을 순례하면서 검법을 지도하는 일을 한다.

해남검파에서는 보통 정기적으로 일 년에 한 번씩 해남순환검사를 파견하는데, 해남비룡문을 개파한 화성덕이 해남검파의 적전제자가 아니라서 해남순환검사의 방문을 받는 경우는 극히 드물었다.

할아버지 말로는 해남비룡문을 개파한 이래 해남순환검사의 방문은 두 번째라면서 크게 기뻐했다.

하여튼 어린 화운룡이 봤을 때 해남검파 검사들이 전개하는 검법이야말로 진짜 검법 같았다.

거기에 비하면 화운룡이 배운 비룡운검은 어린아이 장난이나 다름이 없었다. 어린 화운룡의 눈에는 그 차이가 너무나 뚜렷하게 보였다.

그런 하찮은 검법을 반년 동안 죽어라고 배웠다는 사실에 회의가 느껴졌다.

사실 화운룡은 천골(天骨)을 타고났기에 타의 추종을 불허할 정도로 영민하지만 할아버지나 아버지는 그의 자질을 알아보는 눈을 갖고 있지 않았다.

그때 화운룡은 해님순환검사들을 따라서 해남검파에 입문하고 싶다고 간청했다.

그러나 할아버지와 아버지는 사대독자인 손자와 아들이 집을 떠나는 것은 있을 수 없다며 완강하게 반대했다.

화운룡이 무공에 대해서 흥미를 잃은 것은 그때부터였다. 가문의 비룡운검 따윌 죽어라고 배워봐야 일류검사는커녕 태주현에서조차 행세를 하지 못할 것이라고 어린 나이에 일찌감치 깨달았던 것이다.

화운룡은 다시 살게 된 이 삶에서는 십절무황 때의 전철을 다시 밟고 싶지 않았다.

황금 같은 젊은 시절을 온통 싸움으로 다 보내고 이제 다 이루었다고 한시름 놓으니까 몸은 이미 늙어 있었다. 그때 그가 느꼈던 허무함이란 말할 수 없이 참담했다.

그는 천성적으로 싸움을 좋아하는 성격도 아닌데 허구한 날 눈만 뜨면 수많은 상대와 싸움의 연속이었다. 어떨 때는 하루에 열 번 이상 싸운 적도 있으며, 하루에 사람을 백 명 이상 죽인 적도 있었다.

그래서 다시 살게 된 삶에서는 하고 싶은 것들을 죄다 누리면서 젊음과 행복을 만끽하고 싶었다.

하지만 아버지와 어머니의 저런 모습을 보고서 마음이 무거울 수밖에 없다.

내가 하고 싶은 것을 하고 싶다고 불효를 저지를 수는 없는 것이다.

'그래, 하고 싶은 것들을 하면서도 몰락한 본 문을 일으키면 되는 거야.'

이윽고 화운룡은 마음을 정했다.

해남비룡문을 태주현 제일문파 정도로 만든다면 아버지도 만족할 것이라고 생각했다.

"공자, 부축할게요."

옆에서 걷던 소랑이 화운룡의 팔을 잡았다.

"괜찮다."

"술 드셨는데 괜찮기는 뭐가 괜찮아요?"

그가 괜찮다는데도 소랑은 그의 팔을 어깨에 걸치고 가늘고 짧은 팔을 그의 허리에 둘렀다.

"다친 손은 아프지 않으세요?"

소랑은 고개를 앞으로 빼고 반대쪽 손을 쳐다보았다.

"견딜 만하다."

"대견해요, 우리 공자님."

"뭐가 말이냐?"

"원래 공자님 엄살 지독했잖아요."

"내가?"

소랑은 그를 곱게 흘겼다.

"모른 체하시기는?"

화운룡은 빙그레 미소 지었다.

"내가 엄살 부릴 때 랑이 너는 어쨌느냐?"

"어쩌긴요? 다 받아드렸죠."

"착하구나, 우리 랑이."

"헤헤… 저 원래 착해요."

전중은 대기실 의자에 앉아서 화운룡이 준 책자와 씨름을
하고 있는 중이었다.

대기실은 화운룡의 침실과 내전 바깥쪽에 있으며 창문도
없이 탁자와 의자 두 개가 전부인 아담한 공간이다.

"이리 와라."

화운룡이 대기실 문을 열고 전중을 불러 나오게 하고는 앞

서 걸어 서재로 향했다.

그러다가 내전 입구에 두 손을 앞에 모으고 오도카니 서 있는 연랑을 발견했다.

"너는 왜 거기에 서 있는 것이냐?"

연랑은 당황해서 어쩔 줄 몰랐다.

"아… 저… 저는……."

화운룡을 부축한 소랑이 그를 보며 영특하게 말했다.

"공자께서 언니의 할 일을 지정해 주세요."

소랑의 말이 맞다. 연랑이 할 일을 제대로 지정해 주지 않아서 그녀가 운룡재에서 겉돌고 있는 것이다.

"앞으로 너는 내 침실과 내전, 서재의 청소를 맡아라."

"네……."

연랑이 공손히 고개를 숙이자 화운룡이 소랑에게 물었다.

"이들 부부의 방을 정해주었느냐?"

"이 층 동쪽의 방 두 개를 내주었어요."

소랑은 운룡재의 집사 역할을 톡톡히 하고 있다.

화운룡은 고개를 끄떡이고서 전중과 연랑에게 일러두었다.

"너희들은 앞으로 식사는 나하고 같이한다. 따로 먹지 말도록."

"……."

전중과 연랑은 놀라서 눈을 커다랗게 떴다.

"연랑이 소랑보다 한 살 많으니까 언니다. 그리고 너희 둘은 이름 끝 자가 '랑(琅)'으로 같으니까 쌍랑(雙琅)이다."

화운룡은 껄껄 웃으면서 서재로 향했다.

"하하하! 앞으로 운룡재에 옥구슬 두 개가 굴러다니는 소리
가 요란하겠구나."

소랑과 연랑의 '랑'은 똑같이 옥구슬이라는 뜻이다.

*   *   *

화운룡은 전중에게 책자를 주면서 자신이 들아올 때까지
다 외우라고 말했으나 전중은 최초의 한 장조차 외우지 못했
으며 그것 때문에 죄스러워서 고개를 들지 못했다.

화운룡이 책자를 다 외우라고 말한 것은 그만큼 집중해서
읽으라는 뜻이며 그런 방식은 통상 노인이 젊은이에게 자주
사용하는 것이다.

같은 젊은이들끼리나 노인들끼리는 그러지 않는다. 말하자
면 사부가 제자를 다루는 방식 중에 하나다. 화운룡이 아무
리 젊은이처럼 굴어도 노인은 노인이라는 뜻이다.

"이리 와서 앉아라."

화운룡은 서재 탁자 앞에 앉으면서 옆 의자를 가리켰다.

"어려우냐?"

책자를 펼치면서 화운룡이 마치 나이 든 사부 같은 말투로

묻자 전중은 당황해서 세차게 고개를 가로저었다.

"아… 아닙니다……! 속하가 무지해서……."

"쉽게 풀어서 쓴 것이지만 너에겐 어려울 것이다. 하지만 이보다 더 쉽게 풀어서 쓸 수는 없다."

아까 책자를 처음 받은 전중은 책자에 아직 묵향이 짙은데다 글씨가 채 마르지 않은 것을 보고 화운룡이 검법구결을 적은 것이라는 생각에 몹시 놀랐다.

이제 전중의 뇌리에서 화운룡이 태주현의 개망나니 잡룡이었다는 사실은 깡그리 사라져 버렸다.

"중아."

"네… 넷!"

화운룡이 스스럼없이 이름을 부르자 전중은 화들짝 놀랐다.

십절무황이 볼 때 서른네 살 전중은 어린아이나 다름이 없어서 자기도 모르게 아이를 다루는 듯한 말투가 나왔다.

"이 단천검법은 명숙절학이다."

"……."

전중은 어리둥절한 표정을 지었다. '명숙절학'이라는 말을 어디선가 들어본 적이 있는 것 같았다.

"명숙절학이라는 말을 들어보았느냐?"

전중은 정신이 번쩍 들었다.

"들어봤습니다!"

무림에 발을 디뎌놓은 사람치고 명숙절학을 모르는 사람은 결단코 단 한 명도 없을 터이다.

전 무림을 통틀어서 삼백여 개쯤 되는 명숙절학 하나를 얻어서 터득하는 것이 모든 무림인의 영원한 갈망일 것이기 때문이다.

"이것이……"

화운룡은 전중이 놀랄 틈을 주지 않았다.

"지금부터 귀를 활짝 열고 내 설명을 잘 들어라."

"자… 짐깐만 기다려 주십시오… 주군……."

너무 놀라고 극도로 긴장한 전중은 다급하게 외치고 나서 열심히 심호흡을 했다.

"이제 됐습니다. 죄송합니다."

단천검법과 청령심결에 대한 설명이 길어지는 바람에 화운룡은 자정이 거의 다 돼서야 서재에서 나왔다.

"연랑 언니는 가서 자라고 했어요. 목욕물 받아놨는데 목욕하시겠어요?"

그렇지 않아도 따뜻한 물에 온몸을 담그고 좀 지졌으면 하는 생각이 있었는데, 입에 혀처럼 구는 소랑이 다 알고 있다는 듯이 예쁜 소리를 했다.

"오냐. 그러자꾸나."

"저 노인네 말투는 안 고쳐지나 봐."

"뭐라고 했느냐?"

"아… 아무것도 아니에요. 옷 벗는 거 도와드릴게요."

침실과 목욕실 사이의 옷 방에서 화운룡이 벌거벗은 몸으로 말했다.

"나 혼자 씻으마."

소랑이 소매를 둥둥 걷어붙이고 목욕실 문을 열고 들어가면서 종알거렸다.

"입이 안 아프실까?"

"그게 무슨 말이냐?"

"요즘은 공자께서 목욕할 때마다 말도 안 되는 말을 자꾸 하시니까 입이 안 아프시냐는 말이에요."

이것은 육십사 년 전으로 돌아온 화운룡이 목욕을 할 때 벌어지는 작은 촌극 아닌 촌극이다.

원래 소랑은 열두 살 어린 나이 때부터 자기보다 세 살 많은 화운룡의 목욕 시중을 들어서 이젠 이력이 났다.

"정말 이상해지셨어요. 정말 우리 공자님 맞아요? 어떨 때 보면 다른 분 같다니까?"

개망나니 시절의 화운룡은 소랑이 자신을 씻겨주는 것을 너무나도 좋아한 나머지 하루에도 몇 번씩 시도 때도 없이 목욕을 하려고 들었으며, 소랑에게도 목욕을 권유한 적이 있어

어떨 때는 그녀에게 뺨을 맞거나 할큄을 당하기도 했었다.

그런데 십절무황 화운룡은 소랑이 자신의 목욕을 도와주는 일이 여간 낯 뜨겁고 어색할 수가 없다.

그의 기억으로는 육십사 년 전 아스라한 옛날 그가 개망나니 잡룡이었을 때 과연 소랑이 씻겨주는 것을 무지하게 좋아했던 것 같았던 기억이 어렴풋이 나기도 했다.

웬만큼 사는 집에서는 여자 몸종이 목욕 시중드는 것은 당연한 일이고 그러면서 정을 통하는 일도 다반사였다.

"이뵈요, 공지님. 장장 오 년 동안이나 소녀가 공지님을 씻겨 드렸는데 이제 와서 새삼스럽게 왜 그러세요? 어디 여자 감춰두셨나요?"

"이 녀석이."

화운룡은 혼자 목욕하겠다고 좀 더 버티다가는 소랑에게 무슨 소리를 들을지 몰라서 입을 닫기로 했다.

화운룡은 자정이 넘어서야 침상에 누웠으며 소랑은 그의 잠자리를 꼼꼼하게 챙기고 나서야 자신의 방으로 자러 갔다.

캄캄한 침상에 누워 눈을 감고 잠을 청했는데 잠이 오지 않고 아버지와 어머니, 매형들이 흐느껴 울던 모습이 눈에 삼삼하게 떠오르고 그들의 통곡 소리가 귓가에 쟁쟁했다.

"후우……."

긴 한숨을 내쉬고 나니까 갑자기 조금 전까지의 상념이 사라지는가 싶더니 육십사 년 전으로 와서 겪었던 이런저런 일들이 중구난방으로 불쑥불쑥 떠올랐다.

그리고 어느 순간 복잡한 상념들이 딱 멈추고는 한 여자의 모습이 그의 망막 앞에 예리한 칼로 새긴 것처럼 또렷하게 떠올랐다.

그가 움찔 놀라서 눈을 뜨니까 여자의 모습이 순식간에 사라졌다.

그는 안타까운 마음에 급히 눈을 감고 그녀의 모습이 다시 떠올라 주기를 바랐다.

잠시가 지나자 과연 여자의 모습이 신기루처럼 스르르 그의 망막에 떠올랐다.

'주옥봉(朱玉鳳)……'

화운룡은 이끌리듯 여자의 이름을 불렀다.

그가 서른 살 때 만나 첫눈에 온 마음을 송두리째 빼앗기며 사랑하게 되었던 여자다.

"후우……"

주옥봉을 떠올리자 화운룡은 갑자기 가슴이 설레고 얼굴이 화끈거리며 기분이 이상야릇해졌다.

그렇다. 화운룡을 팔십사 세까지 숫총각 동정으로 머물게 하고 지금 이 순간까지도 단연(單戀), 즉 짝사랑이라는 몹쓸 병을 잃게 만든 소녀가 주옥봉이었다.

화운룡은 주옥봉을 처음 보는 순간 엄청난 충격 때문에 정신을 차리지 못했다.

만약 그때 누군가 그를 급습했다면 전혀 방어하지 못하고 당했을 것이다.

화운룡 같은 철석간담을 한순간에 무너뜨리다니, 과연 주옥봉은 십구 세 나이에 천하제일미라는 어마어마한 명성을 얻을 만한 절세미녀였다.

'이번 생이라면……'

화운룡은 내심 조심스럽게 어떤 결심을 해보았다.

'천봉가인(天鳳佳人) 주옥봉을 내 여자로……'

그러다가 그는 갑자기 맥이 쭉 빠졌다.

'이런 젠장……'

주옥봉을 처음 만났을 때 그녀는 이십칠 세였으며 화운룡은 삼십 세였다.

즉, 그녀하고는 세 살 나이 차이가 나는데, 지금 그녀는 겨우 십칠 세일 거라는 사실에 생각이 미쳤다.

"허허허……"

너무 어이가 없어서 웃음소리가 입 밖으로 흘러나왔다.

삼십 세 남자에게 이십칠 세 여자는 아주 적당한 나이지만, 이십 세 청년에게 십칠 세 소녀는 어려도 너무 어리다.

화운룡은 열흘 동안 운룡재 밖으로 한 걸음도 나가지 않았다.

열흘 동안 그는 먹고 자는 시간을 제외한 모든 시간을 서재와 연공실에서만 지냈다.

서재에서는 주로 해남비룡문의 성명검법인 비룡운검을 새로 창안하는 일에 몰두했다.

원래의 비룡운검은 말 그대로 삼류검법이다. 그래서 천하제일인의 눈에는 써먹을 만한 초식이 단 하나도 없지만 할아버지와 아버지가 서운할까 봐 그래도 몇 가닥을 남겨서 명맥을 유지시켰다.

그가 알고 있는 가장 뛰어난 검법 지식들을 조합하여 전혀 새로우면서도 경이로운 절세검법을 창안했는데, 거기에 순전히 할아버지와 아버지를 위해서 비룡운검의 향기가 조금이나마 나도록 흔적을 남긴 것이다.

하지만 새로운 검법을 백이라고 하면 구십구가 새로 창안한 것이며 겨우 일 정도가 옛 비룡운검의 흔적이다.

그의 십절무황이라는 별호에서 십절은 열 가지 절세무공을 지녔다는 뜻이다.

그중에 첫 번째가 천하제일검(天下第一劍)이며 천하에서 그의 검에 대한 실력과 지식을 능가할 인물은 아무도 없었다.

연공실에서 한바탕 청룡전광검을 연마하고 난 화운룡은 바닥에 가부좌의 자세로 앉아서 호흡을 가다듬었다.

현재 그는 청룡전광검 일초식 제이변까지 거의 완벽하게 연마했다.

한 호흡 만에 일변에 이어서 이변까지 전개할 수 있게 되었으니 일단 성공이라고 할 수 있다.

일류고수까지는 아니더라도 이, 삼류무사를 단 일검에 죽일 수 있는 실력이다.

그렇지만 문제는 상대를 일검에 죽이거나 무기력하게 만들지 못하면 그다음에 당하는 사람은 화운룡일 거라는 사실이다.

화운룡이 청룡전광검 일초식 일변과 이변에 전력을 쏟기 때문에 직후에는 기력이 고갈되기 때문이다.

그러니까 현재 그의 실력은 이, 삼류무사를 일대일로 쓰러뜨릴 수 있으며 한 명 이상하고는 싸울 수 없는 수준이다.

그렇지만 검법을 다시 연마하기 시작한 지 이십 일도 채 안 된 기간에 이 정도까지 됐다면 대단한 진전이다. 이렇게 된 데는 순전히 태자천심운 덕분이다.

"후우……."

호흡이 어느 정도 안정이 되자 화운룡은 문득 자신에게 공력이 생겼는지 확인해 보고 싶어졌다.

태자천심운이 발동된 지 얼마 되지 않았지만 공력이 아니라면 기력이라도 얼마나 생겼는지 확인해 보고 싶은 것이다.

'이건⋯⋯.'

운공을 시작한 지 채 다섯 호흡도 지나지 않아서 화운룡은 움찔 놀랐다.

체내에서 무엇인가 미미하게 꿈틀거리는 것이 느껴졌다.

그것은 아주 오래전 무공을 처음 배웠을 때 느꼈던 그런 아련한 느낌이다.

무극사신공의 심법인 무극삼원을 처음 연공하기 시작하여 반년 만에 단전에 공력이 최초로 생성되어 아주 미미하게 꿈틀거렸던 느낌과 동일하다.

'공력이 생성된 것인가?'

최초로 공력이 생성됐을 때와 비슷한 느낌이라서 그런 생각이 드는 것은 당연하다.

하지만 이치적으로 말이 되지 않는다. 아무리 태자천심운이라고 해도 겨우 이십여 일 만에 공력을 생성시킬 수는 없기 때문이다.

조화경에 이르렀던 화운룡이기에 그런 사실을 누구보다 잘 알고 있다.

그의 머리가 빠르게 회전하다가 어느 순간 하나의 가능성을 이끌어냈다.

'어쩌면 이것은 공력이 체내의 전벽(田壁) 안에 갇혀 있다가 태자천심운으로 타동(他動)된 것인지도 모른다.'

체내에서 생성된 공력은 포괄적인 의미에서는 기해혈(氣海穴), 즉 단전(丹田)에 축적이 된다.

최초에 생성된 공력은 단전의 최하 단위인 미소단전(微小丹田)에 축적되는데, 미소단전의 크기는 일 년이고 그게 열 개로 불어나면 십 년짜리 소단전(小丹田)이 된다.

그래서 소단전이 가득 차면 십 년 내공이 되고, 소단전이 여섯 개가 되어 일 갑자 육십 년 공력이 되면 중단전(中丹田)이라는 것이 생겨난다.

더욱 정진하여 칠십 년 공력이 되면 중단전 하나와 소단전 하나가 생성되고, 팔십 년이면 중단전 하나에 소단전 두 개가 되는 것이다.

중단전이 두 개가 되면 절정고수 반열에 오르며 그것을 대단전(大丹田)이라 하고 이 갑자 백이십 년 공력이다.

화운룡은 칠십사 세 때 대단전 두 개에 중단전이 하나, 삼백 년 공력이었으며 공력으로는 더 이상 오를 경지가 없어서 한 차례 도약을 하여 조화경에 이르렀다.

그때부터는 공력이 몇 년이니 무공 초식이 어쩌고 하는 것은 무의미했다.

몸이 아닌 마음(心)으로 공력을 일으키고 초식을 전개하기 때문이다.

전벽이란 단전과 단전 사이의 벽을 말한다.

화운룡은 십절무황 때의 자신의 공력이 사라지지 않고 우화등선을 하는 과정에서 선벽 속에 갇혀 있는 것이 아닌가 조심스럽게 생각해 보았다.

그래야지만 지금 그의 체내에 소량의 공력이 생성된 것이 납득이 된다.

보통의 운공조식 속도보다 다섯 배 빠른 태자천심운이 이십 일 동안 지속되면서 단전의 최소 단위인 미소단전의 전벽 하나를 허물어뜨려 일 년 남짓한 공력이 밖으로 흘러나온 것일지도 모른다는 게 화운룡의 짐작이다.

그의 짐작이 맞는다면 앞으로 이십 일 후에는 또다시 미소단전의 전벽 하나를 허물어서 이 년 공력이 된다는 것이다.

그게 아니다. 미소단전 하나가 허물어지면 탄력을 받아서 더 빠른 속도로 허물어질 것이다.

'내 짐작이 맞는다면 이건 행운이다.'

한 달 전까지만 해도 조화경에 이르렀던 십절무황은 일 년 공력이 생겼다는 사실이 무척이나 행복했다.

          *   *   *

내일은 장하문이 오기로 한 날이다.

자정에 잠이 든 화운룡은 축시(丑時: 새벽 2시경)에 잠이 깨버렸다.

그런데 발아래에 뭔가 있는 것이 느껴져서 이불을 들추니까 소랑이 머리를 반대쪽으로 하고 새우처럼 잔뜩 웅크린 채 깊이 잠들어 있었다.

소랑이 화운룡 침상에서 잘 때는 딱 한 가지 경우다. 그러고 보니까 어젯밤에 천둥 번개가 심했었다.

소랑은 번개가 번쩍거리고 천둥소리가 무서워서 화운룡 침상 발치께에 기어 들어와서 자고 있었던 것이다.

화운룡은 그녀가 깰까 봐 다시 이불을 덮어주고 침상에서 내려섰다.

잠을 한 시진밖에 못 잤지만 눈을 뜬 김에 청룡전광검이라도 연마해 볼 생각이다.

화운룡이 복도를 걸어서 연공실로 향할 때 새파란 섬광이 번쩍였다.

"......!"

그리고 번개의 섬광이 좁은 창틈과 문틈 새로 스며들어 어둠을 어슴푸레 밝히는 순간, 그는 복도 끝 대전에 한 사람이 우뚝 서 있는 것을 발견했다.

섬광이 사라지자 그 사람의 모습도 어둠 속에 묻혀 버렸다.

화운룡은 상대가 침입자라고 생각했다. 하지만 지금 그는 빈손이다. 연공실 안에 검이 있으며 그는 검이 있어야지만 침입자를 물리칠 수가 있을 것이다.

우르르릉! 콰쾅!

뒤이어 천둥이 요란하게 쳤다.

천둥소리 끝에 상대가 화운룡에게 걸어왔다.

저벅저벅…….

"소문주요?"

침입자가 초조한 목소리로 말했다.

화운룡은 움찔했다. 막화의 목소리다.

"화냐?"

비에 흠뻑 젖은 막화가 화운룡 앞으로 바싹 다가들었다.

"그렇소."

장대비가 쏟아지는 한밤중에 막화가 화운룡을 찾아왔다는 것은 뭔가 심각한 일이라는 뜻이다.

두 사람은 탁자를 마주하고 앉았다.

"시간이 없소. 창혼부가 이리 몰려오고 있소."

온몸에서 물을 뚝뚝 흘리고 있는 막화의 목소리는 긴장이 가득했다.

"무슨 소리냐?"

"소문주가 틀렸소. 해남비룡문을 습격하는 것은 철사보가 아니라 창혼부라는 말이오."

"……"

화운룡은 뒤통수를 호되게 강타당한 충격을 받았다.

"철사보가 아니라고?"

"그렇소. 창혼부요. 그들이 탄 배가 해시(亥時: 밤 10시경)쯤에 둔닝(鈍寧)을 시났나는 선살을 받았소."

둔녕이라면 태주현에서 가장 가까운 포구인 구안(口岸)까지 이십여 리다. 그리고 구안 포구에서 태주현까지는 불과 십여 리일 뿐이다.

녹림, 그것도 수적(水賊)들은 한밤중에도 대낮처럼 배를 모는 재주가 있다.

창혼부의 배가 두 시진 전인 해시에 둔녕을 지났다면 이십 리 거리인 구안 포구까지는 한 시진이면 당도할 것이다.

그리고 구안 포구에 접안하여 태주현 해남비룡문까지 십리 길을 오는 데는 반 시진이면 충분하다.

그러므로 창혼부 놈들이 해남비룡문에 들이닥칠 때까지 남은 시간은 겨우 한 시진 반이다.

그런데 어째서 철사보가 아니고 창혼부라는 말인가? 창혼부라는 방파는 들어본 적도 없다.

"창혼부에서 흘러나온 정보에 의하면 창혼부주인 창랑도 직황이 철사보주 귀광도에게 해남비룡문 습격을 허락받았다는 것이오."

"음……."

"몹시 돈에 쪼들리고 있는 창혼부는 해남비룡문을 표적으로 삼았다는 것이오. 이럴 시간이 없소. 어서 피하시오."

"청호리가 알리라고 하더냐?"

"청호리는 이 사실을 알고서 수하들에게 절대로 발설하지 말라고 함구령을 내렸소. 나는 모두 잠든 사이에 몰래 빠져나온 것이오."

청호리는 화운룡에게 앙심을 품고 있는 게 분명했다. 이 기회에 창혼부의 손을 빌어서 화운룡이 죽으면 청호리는 골치 아픈 거래에서 풀려날 수 있으며 화운룡이 준 은자 만 냥을 통째로 거저먹을 수 있다.

막화가 알려주지 않았으면 해남비룡문은 손쓸 여유조차 없이 몰살당하고 말았을 것이다.

화운룡은 손을 뻗어 막화의 어깨에 얹었다.

"고맙다."

*   *   *

쏴아아!

억수같이 퍼붓는 장대비 속에 두 척의 거대한 상선이 포구를 떠나 육중하게 항해를 시작했다.

태주현 북쪽을 동에서 서쪽으로 가로지르는 동태하(東台河)라는 강이 있다.

태주현 근교의 여러 강들이 북에서 남으로 흘러 장강에 유입되는데 반해서 동태하만은 유일하게 서쪽의 소백호(邵伯湖)라는 기대한 호수에서 빌원하여 동북쪽으로 흘러 동해로 직접 빠져나간다.

동태하는 운하로 개발됐기 때문에 수심이 깊고 강폭이 넓어서 많은 배가 이용하고 있다.

해룡상단의 모든 배는 태주현 북쪽 동태하 강가의 해릉(海陵)포구에 모여 있다.

화운룡은 상선의 뒤쪽 갑판에 서서 캄캄한 어둠 속에 잠겨 있는 태주현을 바라보았다.

'철사보가 아니라 창혼부라니······.'

그 생각이 그의 머릿속에 가득 차서 사라지지 않았다.

'대체 어떻게 된 것인가?'

화운룡의 기억 속에는 이십 세 때 해남비룡문이 철사보에 멸문을 당했으며, 십 년 후 그가 무극사신공을 오 성까지 익혀서 철사보를 비롯한 장강수로채 녹림구련을 깡그리 도륙했던 일이 너무도 생생하게 남아 있었다.

그가 육십사 년 전 과거로 돌아와서 만났던 사람들은 그의 기억 속에 새겨져 있던 그대로였다.

아버지를 비롯한 가족들과 장하문, 소랑, 숙빈, 막화까지도 육십사 년 전 그때와 조금도 변함이 없었다.

'혹시······.'

문득 어떤 생각이 화운룡의 뇌리를 스쳤다.

'사람은 변함이 없는데 사건이 달라진 것인가?'

거기에 생각이 미쳤지만 확실한 것은 아니다. 다만 그럴 가능성이 있다는 얘기다.

아직은 어떻게 된 것인지 모른다. 하지만 창혼부가 해남비룡문을 습격한 게 맞는다면 일이 심각해진다.

화운룡은 미간을 좁혔다.

'내가 우화등선을 하는 과정에 뭔가 뒤틀린 것인가? 운명이나 역사 같은 것이······.'

화운룡 뒤에는 아버지 화명승과 두 명의 매형 반도정, 차도익이 서 있다.

그들의 얼굴에는 불안함과 초조함이 가득 떠올라 있었다.

화명승이 어둠 때문에 보이지 않는 태주현 쪽을 보면서 불안한 목소리로 물었다.

"용아, 네 말대로 식솔들과 창고의 물건들을 급히 싣고 떠나오긴 했지만 정말 창혼부가 본 문을 습격하는 것이냐?"

화운룡은 화명승에게 돌아섰다.

"그렇습니다, 아버지."

"너는 그 사실을 어떻게 미리 알았느냐?"

"사실은 현 내의 하오문에 미리 말을 해두었습니다."

"무슨 말을?"

"해남비룡문을 해코지하려는 세력이 있으면 즉각 알려달라고 시켰습니다."

"그랬다는 말이지?"

화명승은 물론이고 반도정과 차도익도 크게 놀랐다. 화운룡이 그 정도로 철저할 줄은 몰랐다.

"정말 창혼부가 본 문을 습격했을까요?"

둘째 매형 차도익이 혼잣말처럼 중얼거렸다. 화운룡은 아무 말도 하지 않았다. 그 점은 그도 궁금하게 여기고 있는 점이었다.

만약 창혼부가 해남비룡문을 습격했다면 화운룡이 미리 알고 있는 육십사 년 동안의 모든 사건이 변해 버릴 것이다.

그가 모르는 전혀 다른 사건으로 말이다.

날이 밝았다.

화운룡의 명령으로 몰래 숨어서 해남비룡문을 지켜보고 있던 전중이 화운룡 등이 있는 해룡상단의 상선으로 왔다.

화운룡을 비롯한 가족들이 전중에게 모여들었다.

전중은 심각한 표정으로 보고했다.

"인시(寅時: 새벽 4시경)쯤에 대략 이백여 명 정도의 무리가 본 문에 들이닥쳤습니다."

화운룡을 제외한 가족들의 얼굴에 대경실색이 가득 떠올랐다.

"그자들이 창혼부였느냐?"

"그건 모르겠지만 녹림 무리인 것은 분명합니다."

창혼부라고 얼굴에 써 붙이고 다니지 않는 이상 그것까지는 알 수가 없을 것이다.

"그자들은 본 문과 창고를 샅샅이 뒤지고는 저마다 욕설을 퍼붓고 나서 서둘러 떠났습니다."

만약 그곳에 화운룡과 가족, 식솔들이 있었다면 자다가 영문도 모른 채 떼죽음을 당하고 말았을 것이다.

화명승이 착잡한 표정으로 치를 떨었다.

"아아… 생각만 해도 끔찍한 일이로구나."

화운룡의 얼굴은 돌덩이처럼 굳어 있었다.

창혼부가 배를 타고 구안 포구를 출발하여 장강을 거슬러 올라갔다는 막화의 말을 듣고서야 화운룡은 식솔들을 이끌고 다시 해남비룡문으로 돌아왔다.

창혼부가 휩쓸고 간 해남비룡문은 여기저기 문이 부서지고 방에 있던 별로 중요하지 않은 물건들이 없어진 것 말고는 전체적으로 깨끗했다.

창혼부는 해남비룡문에 사람이 아무도 없으며 창고까지 텅 비어 있자 눈에 띄는 대로 이것저것 마구 쓸어간 모양이다.

　　　　*　　　　　*　　　　　*

화운룡은 운룡재 자신의 방에서 꼼짝하지 않고 깊은 생각에 잠겨 있었다.

창혼부가 물러가긴 했으나 다시 올 것이다. 언제일지는 모르지만 승냥이 같은 놈들이라서 한번 눈독 들인 해남비룡문을 쉽사리 포기하진 않을 것이다.

창혼부가 껄떡거리면 철사보도 가만히 있지 않을 것이다. 자신의 영역 안에 있는 먹잇감을 한 번은 모르지만 두 번씩이나 양보하지는 않을 것이다.

게다가 남경의 사해검문도 있다. 그들은 정파이면서 녹림 무리처럼 해남비룡문, 아니, 해룡상단을 통째로 집어삼키려 하고 있다.

창혼부는 해남비룡문을 몰살시키고 노략질을 하려는 것이
지만 사해검문은 해남비룡문을 노예로 삼으려는 수작이다.

'이래서는 안 된다.'

화운룡은 뭔가 대책을 마련해야 한다고 생각했다.

육십사 년 전의 해남비룡문은 누구 할 것 없이 탐내는 소
문파가 되었다.

아버지 때문이다. 장사에 천부적인 소질이 있는 그가 해룡
상단을 만들어서 번창한 덕분에 심성이 좋지 않은 자들이 침
을 흘리는 살코기 덩어리 먹잇감이 되었다.

'한시바삐 본 문을 강하게 만들어야만 한다.'

      *   *   *

화운룡은 자신이 새로 창안한 비룡운검 책자를 갖고 운룡
재의 하녀 한 명을 데리고 할아버지 화성덕의 거처인 태웅각
으로 발길을 재촉했다.

하녀는 쟁반을 들고 있으며 거기에는 탕약 그릇이 놓여 있
었다.

화운룡은 어제 하녀에게 태주현 내 의원에 가서 몇 가지 약
재를 구해 탕약을 만들라고 지시했다.

할아버지 화성덕을 십 년째 병석에 누워 있게 만든 비양불

진중의 증세를 크게 완화시킬 수 있는 탕약이다.

비양불진증은 침과 뜸으로 완치할 수 있는 병이며 침을 시술할 때 최소 사십 년 이상의 내공을 주입해야 하기 때문에 현재의 화운룡으로서는 할아버지를 완치시킬 수 없다.

그래서 탕약으로 할아버지의 기력을 어느 정도 회복시킨 후에 장하문이 오면 그에게 침술과 뜸을 부탁할 생각이다.

할아버지의 기력이 회복되지 않으면 침술과 뜸을 견뎌내지 못할 수도 있다.

화운룡은 우선 할아버시부터 완치시켜서 쓰러져 가는 해남비룡문을 이끌게 할 생각이다.

화운룡이 조제한 탕약은 놀라운 효험을 보여서 탕약을 복용한 지 반 시진 만에 화성덕이 정신을 차렸다.

병상에 누워 정신을 놓은 지 삼 년 만에 깨어난 화성덕은 눈을 껌뻑이면서 두리번거리다가 침상 옆에 앉아 있는 화운룡을 발견했다.

"할아버지, 정신이 드세요?"

"아… 너는 용아냐……?"

화성덕은 한눈에 손자를 알아보았다.

"그렇습니다. 소손 용아입니다."

화운룡은 앙상한 화성덕의 손을 잡았다.

"내가 얼마나 자고 있었느냐……?"

"삼 년이에요."

"아아… 삼 년씩이나……."

화성덕은 주위에 화운룡만 있는 것을 확인하고는 놀란 표정으로 물었다.

"용아, 네가 할아비를 구했느냐?"

"네."

"그래……?"

화성덕의 주름진 노안에 눈물이 차오르더니 주름진 뺨으로 흘러내렸다.

"아아… 내가 깨어난 것보다 네가 날 구했다는 사실이 더 기쁘구나."

어려서부터 할아버지를 존경했던 화운룡은 감동이 울컥 치밀어 올랐다.

그가 육십사 년 전으로 돌아와서 누리는 가장 큰 기쁨이라면 창혼부와 사해검문으로부터 해남비룡문을 구하게 된 것과 할아버지를 치료한 일이다.

저승의 문턱에서 살아난 화성덕은 화운룡의 잡은 손을 놓지 못하고 감격의 눈물을 흘렸다.

부모와 가족들은 다시 한번 큰일을 해낸 화운룡에게 칭찬을 아끼지 않았으며 영웅처럼 대접했다.

이제는 어느 누구도 화운룡을 개망나니로 취급하지 않았다. 아니, 가족들과 해남비룡문 가솔들의 뇌리에서는 그가 개망나니였던 기억이 깡그리 사라진 듯했다.

그렇지만 화운룡은 그 모든 것이 쑥스럽고 죄스러울 따름이다. 당연히 아들이며 손자로서 해야 할 일을 그동안 하지 못했다가 이제야 겨우 하나둘씩 하는 것뿐인데 다들 지나치게 자신을 치켜세우니까 자랑스러움보다는 부끄러움 때문에 봄 눌 바를 몰랐다.

화운룡은 모두가 물러간 후에 화성덕에게 탕약 한 그릇을 더 복용시켰다.

이어서 반 시진에 걸쳐서 새로 창안한 비룡운검 구결을 화성덕에게 읽어주었다.

아직 정신이 완전히 청명하지 못한 화성덕은 검법구결을 단 한 번 듣고는 반에 반도 이해하지 못했다.

화운룡은 비룡운검을 누구라도 배우기 쉽게 창안했으며 또한 화성덕에게 구결을 최대한 풀어서 해석해 주었지만 아직 정신이 온전하지 못한 화성덕이라서 새 비룡운검의 진수를 알아차리지 못했다.

그러나 화성덕은 반의 반도 이해하지 못한 비룡운검의 놀라운 위력 때문에 가슴이 벅차서 아무 말도 하지 못하고 화운룡을 응시하며 그의 손을 꼭 잡고 있을 뿐이다.

화운룡은 지금 할아버지의 심정이 어떨지 십분 이해하고 조용히 말했다.

"할아버지께서 허락하시면 이것을 본 문의 성명검법으로 삼으려고 합니다."

"어⋯⋯."

화성덕은 굉장한 격동과 벅참이 아직 사라지지 않아서 대답을 하지 못했다.

"할아버지, 저는 본 문을 일으키고 싶습니다."

화성덕의 노안에 눈물이 가득 고였다.

"네가 정녕 내 손자 용아가 맞느냐⋯⋯."

화운룡이 놀라운 일을 했을 때 부모와 가족들이 보였던 반응을 화성덕도 똑같이 보이고 있다.

"소손 용아가 맞습니다, 할아버지."

화운룡은 씁쓸한 마음을 감추고 공손하게 대답했다.

화성덕이 화운룡을 응시하는 눈빛과 표정에는 자랑스러움이 가득했다.

"네가 창안했다는 비룡운검을 할아비는 아직 절반도 이해하지 못한 것 같지만⋯ 짐작하건대 그 위력은 해남검파의 검법 못지않을 것 같구나⋯⋯."

해남검파의 문주 일가와 적전(嫡傳) 일대제자들만이 배울 수 있는 성명검법이 해공벽파검법(海空劈破劍法)이다.

하지만 방금 화성덕이 말한 해남검파의 검법이라는 것은 성명검법인 해공벽파검법이 아니라 화성덕 자신이 옛날 해남검파의 문하 제자였을 때 배웠던 사해풍운검법(四海風雲劍法)을 가리켰다.

사해풍운검법은 해남검파에 입문한 문하 제자들이라면 어느 누구 할 것 없이 다 배울 수 있는 기초 검법이다.

그러니까 화성덕은 화운룡이 창안한 비룡운검을 사해풍운검법에 비교한 것이다.

그러나 비룡운검은 해공벽파검법하고 비교해도 훨씬 고강한 검법이다.

천하제일인 십절무황이 천하의 가장 훌륭한 검법들에게서 진수만을 발췌하여 집대성했으니 어련하겠는가.

비록 해공벽파검법이 명숙절학에 속하지만 비룡운검은 그보다 몇 수 위의 검법이 분명하다.

하지만 화운룡은 구태여 그런 것을 화성덕에게 말하지 않았다. 차차 알 것이기 때문이다.

"용아, 정말 장하구나. 네가 이런 아이일 것이라고 할아비는 예전부터 짐작했었느니라……."

화성덕은 손자의 손을 쓰다듬으면서 감격에 몸을 떨었다.

그리고 화운룡은 너무도 뒤늦은 효도에 죄스러운 마음을

금치 못했다.

　화운룡이 아버지를 비롯한 가족들에게 새로 창안한 비룡운검을 보여주었더니 예상했던 대로 또다시 한바탕 난리법석이 벌어졌다.

　가족 모두들 무도를 하는 사람들이라서 비록 지난바 무공은 일천하다고 해도 보는 눈은 있기에 화운룡이 창안한 비룡운검의 진가를 일 할이나 이 할만 알아봐도 놀라움에 심장이 벌렁거릴 것이다.

　흡사 태풍 같았던 난리법석이 지나간 다음 화운룡은 아버지와 두 명의 매형, 그리고 무공을 배운 네 명의 누이를 운영각에 있는 실내 대연공실로 데리고 갔다.

　화운룡은 나란히 일렬로 늘어선 아버지 이하 가족들에게 담담한 어조로 말했다.

　"아버지부터 모두들 차례로 지금까지 배운 검술을 시전해 보십시오."

　모두들 크게 놀라고 긴장한 얼굴로 화운룡을 쳐다보았다.

　가족들은 화운룡이 새로 창안한 비룡운검 책자를 이미 보았기 때문에 그가 검법에 대해서 굉장히 박식한 지식을 갖고 있다는 사실을 인정하고 있다.

　긴장한 표정이 역력한 모두에게 화운룡이 요구했다.

"제가 평가할 테니까 모두들 전력을 다해서 펼쳐주십시오. 자, 아버지부터 시작하세요."

화명승은 아들 앞이지만 매우 긴장한 표정으로 검을 쥐고 천천히 앞으로 걸어 나왔다.

막내 여동생까지 검술 시전이 끝나자 화운룡은 모두를 바닥에 앉게 하고 자신은 그들 앞에 앉았다.

화운룡이 지켜본 결과 가족들의 검술 시전은 기대했던 것보다 훨씬 더 형편없있다.

그들 모두 예전 비룡운검 오초식을 시전했는데 일곱 명이 제각각 다른 동작을 보여주었다. 마치 일곱 명이 일곱 개의 다른 검법을 터득한 것 같았다.

그것은 예전 비룡운검의 구결이 뚜렷한 핵심이 없으며 산만하기 때문이다.

하지만 화운룡이 가족들에게 검술 시전을 해보라고 한 이유는 실력을 보고자 했던 것이 아니라 각자의 자질과 무공적인 소질을 간파하기 위해서였다.

"제 말을 곡해하지 말고 들어주십시오."

화운룡이 말문을 열자 다들 긴장이 역력한 표정으로 그를 주시했다.

"우리 가족 중에서 검법을 연마하기에 가장 적합한 자질을 지닌 사람은 둘째 매형입니다."

"나… 나야?"

둘째 매형 차도익은 깜짝 놀라 벌떡 일어섰다.

가족들은 예상했다는 듯 그를 바라보았다.

해남비룡문 내에서 차도익이 제일 고강하다는 사실은 이미 다 알고 있었다.

그 이유는 예전 비룡운검을 곧이곧대로 시전하지 않고 나름대로 응용력을 발휘한 덕분이다.

"이 위는 큰누나야."

"정말이야?"

자신이 호명되자 믿어지지 않는다는 얼굴로 큰누나 화문영(華紋英)이 엉거주춤 일어섰다.

화문영은 구결에 대한 해석력이 뛰어나서 구결이 요구하는 바를 정확하게 시전했다.

화운룡은 고개를 끄떡이며 다음 사람을 호명했다.

"삼 위는 아버지입니다."

"어허헛! 그래도 삼 위는 하는구나……!"

화명승은 안도하는 표정으로 일어섰다.

사실 화명승은 가족 일곱 명 중에 꼴찌다. 더구나 가장 못하는 막내 여동생하고의 격차가 매우 컸다. 그만큼 타고난 자질이 형편없는 것이다. 말하자면 아버지는 애당초 무공을 수

런할 재목이 못 된다.

하지만 화운룡이 사실대로 발표하면 아버지가 크게 실망할 것이기에 선의의 거짓말을 한 것이다.

"죄송합니다, 아버지."

"네가 죄송할 것이 무에 있느냐? 마음 쓰지 마라."

화운룡은 사 위로 셋째 누이 화지연(華芝涓), 오 위로 큰매형 반도정, 육 위는 둘째 누나 화예상(華霓祥), 꼴찌 칠 위는 막내 여동생 화아미(華娥美)를 호명했다.

"이섯은 어니싸시나 세 소선이라는 섬을 말씀느립니다."

화운룡은 모두 앉히고 가족들의 양해를 구했다.

"이제부터 둘째 매형이 본 문의 검술 사범을 맡아주었으면 좋겠습니다."

검술 사범이라는 직책은 원래 해남비룡문에 없었기에 둘째 매형 차도익을 비롯한 모두들 의아한 표정을 지었다.

가족들이 술렁거리자 아버지가 주의를 환기시켰다.

"용아 말을 다 들어보자."

아버지는 아들을 응원하고 있었다.

화운룡은 아버지에게 미소를 지으며 고개를 숙여 보이고는 말을 이었다.

"큰누나도 검술 사범을 맡아줘."

"내… 내가?"

이번에는 큰누나 화문영만이 아니라 모두들 크게 놀랐다.

화문영은 문파 일에는 일체 관여하지 않고 집안에서 살림만 하고 있었기 때문이다.

해남비룡문은 여자가 문파의 일을 해서는 안 된다는 규정은 없지만 지금껏 암묵적으로 여자들을 배제했다.

해남비룡문의 문주는 화명승이고 총관은 큰매형 반도정인데 화운룡은 두 사람을 그대로 두고 그 아래 검술 사범이라는 직책을 새로 만들어 그 자리에 둘째 매형과 큰누나를 앉히려는 것이다.

아직 부름을 받지 못한 세 명의 누이는 기대 어린 표정으로 화운룡을 바라보았지만 끝내 부름을 받지 못했다.

"내일부터 오후에 한 시진씩 제가 직접 새로운 비룡운검을 가르치겠습니다."

가족들은 깜짝 놀랐지만 이제 더 이상 화운룡의 능력에 대해서 못미더워하거나 의심하지 않았다.

화운룡은 연공실을 나가면서 셋째 누이 화지연을 불렀다.

"연아, 너는 나를 따라오너라."

"네, 오라버니!"

화지연은 깜짝 놀랐다가 곧 밝은 목소리로 대답하고 화운룡을 뒤따랐다.

                    *   *   *

　화운룡보다 네 살 어린 십육 세 화지연은 성격이 활달하고 명랑한 소녀지만 다소 거친 게 흠이라면 흠이다.

　해남비룡문의 여자들, 즉 어머니와 네 명의 누이는 언제나 화운룡 편이었다.

　그가 태주현 최악의 개망나니 짓을 하고 돌아다녔을 때에도 다섯 명의 여자는 어떤 상황이든지 항상 그를 사랑으로 감싸주었다.

　그녀들 중에서도 특히 셋째 누이 화지연은 물심양면으로 든든한 화운룡의 지원군이었다.

　얼마 되지 않는 용돈을 꼬박꼬박 모아두었다가 항상 돈이 모자란 오라버니에게 몰래 건네주었으며, 바깥에서 그에게 무슨 위험이 닥쳤다는 소리만 들으면 쏜살같이 나타나서 건달이나 하오배들을 혼내주었다.

　제법 검술 실력이 있는 화지연이 휘두르는 목검에 대가리가 터지고 팔다리가 부러진 태주현의 건달과 하오배가 한둘이 아니었다.

　운룡재 안으로 들어와 사람들의 시선이 미치지 않는 곳에 이르자 뒤따르던 화지연은 기다렸다는 듯 뒤에서 깡충 뛰어 화운룡의 목에 매달렸다.

"오라버니, 저한테 따로 검법 가르쳐 주려고 그러는 거죠?"

화운룡은 귀여운 화지연을 번쩍 업고 걸었다.

"어떻게 알았느냐?"

화지연은 허약한 약룡 화운룡이 자신을 가볍게 업자 깜짝 놀랐다.

"오… 오라버니가 소녀를 업었어요……!"

"하하하! 그래, 오라비가 연아를 업었느니라."

기분이 좋아진 화운룡은 저절로 노인네 말투가 흘러나왔다.

지난 육십사 년 동안 어머니와 네 명의 누이가 애타도록 그리웠던 화운룡이다.

철사보에 의해서 해남비룡문이 멸문을 당했을 때 여기저기 흩어진 시체들 속에서 강간을 당한 뒤에 무참하게 살해된 어머니와 네 명의 누이를 찾아내고 화운룡은 하늘이 무너지는 절망감에 빠져 피눈물을 흘렸다.

육십사 년 동안 자신 때문에 그녀들이 비명에 죽었다고 자책하면서 살았는데, 이렇게 육십사 년 전으로 돌아와서 귀여운 여동생을 업으니 꿈이라고 해도 이처럼 행복한 꿈은 없을 것이다.

"괜찮으세요, 오라버니? 소녀는 보기보다 무거워요."

화운룡은 화지연을 둥개둥개 허공으로 띄우며 구름 위를

걷듯이 뛰어갔다.

"우리 연아처럼 가벼우면 천하 끝까지라도 업고 가겠다."

화지연은 너무 기뻐서 그의 목을 꼭 안고 몸을 들썩거렸다.

"저는 오라버니와 함께라면 달에라도 갈 수 있어요!"

화운룡은 화지연에게 한 시진 동안 새로 창안한 비룡운검
앞부분을 가르치고 나서 연공실에서 나왔다.

"내일부터 매일 아침 진시(아침 8시경)에 비룡운검을 배우러
오너라."

검술 수련을 쉬지 않고 격렬하게 한 시진 동안 한 화지연은
옷이 비에 젖은 것처럼 땀에 흠뻑 젖었다. 또한 숨이 차서 얼
굴이 빨개지고 숨을 할딱거리면서 놀라고 감탄한 듯 화운룡
을 바라보았다.

"맙소사……! 오라버니가 검법을 이렇게 잘 가르칠 줄은 몰
랐어요. 아마 천하에서 오라버니보다 더 잘 가르칠 수 있는
사람은 한 명도 없을 거예요."

"어험! 이제 알았느냐?"

화운룡이 있지도 않은 수염을 쓰다듬는 시늉을 하는데도
화지연은 웃지 않았다.

"오라버니가 비룡운검을 새로 창안했다는 말을 이제는 믿
을 수 있어요. 정말 오라버니 최고예요."

화지연은 화운룡 팔에 매달려서 팔짝팔짝 뛰며 기뻐했다.

"땀에 젖었으니까 여기에서 목욕하고 옷 갈아입은 후에 네 거처로 가거라."

"오라버니, 같이 목욕해요."

외아들인 화운룡은 아주 어렸을 때 어머니와 함께 목욕했었고, 셋째 화지연과 막내 화아미가 태어난 이후에는 커다란 욕조를 만들어서 아이들끼리 한꺼번에 들어가 목욕을 하기도 했었다.

"어서 목욕하러 가라."

철썩!

화운룡이 화지연의 엉덩이를 때렸다.

"홍! 오라버니는 이제 소녀를 사랑하지 않는군요?"

화지연은 짐짓 토라진 체하면서 목욕실 쪽으로 걸어갔다.

그때 소랑이 급히 뛰어 들어오며 외쳤다.

"공자! 전문 밖에 장하문이라는 분이 찾아오셨답니다!"

"랑아, 네가 가서 데리고 오너라. 나는 내전에 있겠다."

목욕실로 가려던 화지연이 돌아와서 호기심 가득한 얼굴로 눈을 빛냈다.

"장하문이라면 합비성 태극신궁의 신기서생이라는 분이로군요? 제 말이 맞죠, 오라버니?"

"오냐."

화운룡이 내전 야트막한 탁자 앞에 앉아 있을 때 내전 안으로 언제나 헌앙한 모습의 장하문과 그 뒤에 한 명의 여자가 따라 들어왔다.

여자는 위아래 새카만 흑의 경장을 입었으며 양쪽 어깨에는 짧고 검으며 뭉툭한 봉 두 개를 메고 왼쪽 허리에는 돌돌 말린 검은 채찍을 차고 있었다.

얼굴에서부터 발끝까지 몇 겹의 얼음을 둘렀는지 싸늘한 한기가 펄펄 날리는 모습이다.

화운룡은 여자를 보고는 반가운 표정을 지었다.

장하문은 봄바람처럼 훈훈한 미소를 머금고 화운룡 세 걸음 앞에 멈추며 두 손을 앞에 모았다.

"주군, 별고 없으셨습니까?"

화운룡은 잔잔하게 미소 지으며 고개를 끄떡였다.

"오느라 애썼네."

흑의녀는 두 사람의 대화에 흠칫 놀라는 표정을 지었다. 장하문이 화운룡을 '주군'이라고 칭했기 때문이다. 그녀는 여기까지 오면서 장하문에게 아무 말도 듣지 못했다.

그런데 장하문은 그 자리에 무릎 꿇고서 화운룡에게 절까지 올렸다.

방금 전에 놀랐던 흑의녀는 장하문의 그런 행동에 적잖이 당황해서 어쩔 줄 몰랐다.

그도 그럴 것이, 그녀에게 장하문은 하늘 같은 존재다. 그 하늘이 자신보다 어린 약관의 청년에게 부복하여 절을 올리고 있는 것이다.

그녀가 알고 있는 장하문은 천하 어느 누구에게도 절대로 부복하거나 절하지 않는 인물이었다. 여북하면 태극신궁 궁주에게도 고개만 가볍게 숙였지 허리조차 굽히지 않았었다. 그만큼 자존심과 지조가 강한 인물인 것이다.

"일어나게."

장하문은 일어나 두 손을 앞에 모으고 미소를 지으면서 뒤의 흑의녀를 눈짓으로 가리키며 화운룡에게 말했다.

"누군지 아시겠습니까?"

흑의녀는 화운룡을 쏘아보았다. 생전 처음 보는 반반한 얼굴의 저놈이 내가 누군지 알 턱이 없을 것이다, 라고 그녀의 차가운 표정이 말하고 있었다.

화운룡은 빙그레 미소 지었다.

"홍후(紅瘊) 아니냐?"

장하문은 빙그레 미소 지었고 흑의녀는 흠칫 안색이 변했다.

"너무 오래전이라서 잊으셨습니까? 아니면 이 녀석이 쓰임새가 없어서 내치셨기에 기억을 못 하시는지……."

화운룡은 장하문에게 맞은편에 앉으라는 손짓을 하고는

흑의녀를 보며 빙그레 웃었다.

"벽상(碧祥) 저 녀석 허벅지에 빨간 사마귀가 있어서 우리가 홍후라고 부르게 됐었네."

"아……."

흑의녀는 흠칫 놀라서 주춤 한 걸음 뒤로 물러났다.

그녀의 별호는 철궁녀(鐵弓女)라고 하며 꽤 유명하지만 '벽상'이라는 이름을 알고 있는 사람은 결단코 장하문 외에는 아무도 없다.

그런데 더구나 그녀의 허벅지 아주 깊은 곳에 새끼손톱 반에 반 크기의 새빨간 사마귀가 있는 것은 장하문조차 모르는 그녀 혼자만의 비밀이다.

홍후는 붉을 '홍'과 사마귀 '후'다.

"어… 떻게 그걸?"

철궁녀 벽상이 적잖이 놀라는 표정을 짓는데도 장하문은 듣지 못한 듯 화운룡에게 말했다.

"주군께선 그걸 어찌 아셨습니까?"

화운룡은 무슨 생각을 했는지 빙그레 미소 지었다.

"상아 저 녀석이 혼자서 음산삼마(陰山三魔)하고 싸우다가 중상을 입고 혼절했는데 우리 둘이서 저 녀석을 살리겠다고 발가벗겨 놓고 치료하다가 알게 됐었네."

음산삼마는 현 무림에서도 각자가 초일류고수에 속하는 쟁쟁한 마두들이다.

철궁녀가 안휘성에서 유명하다고는 하지만 일류고수 수준인데 그녀가 음산삼마 세 명을 상대로 혼자 싸웠다는 게 도대체 말이 되지 않았다.

그녀는 절대로 음산삼마하고 싸우기는커녕 그들을 만난 적도 없었다.

"음산삼마는 어찌 됐습니까?"

"셋 다 죽었지, 아주 처참하게. 홍후 저 녀석 손속이 아주 잔인했거든?"

"그랬군요."

철궁녀 벽상은 장하문이 거둔 호위고수인데 이후 화운룡을 만나 주군으로 섬기면서 그에게 절학을 사사하여 오래지 않아서 대강남북을 쩌렁하게 떨어 울리는 절정고수가 되었다. 물론 지금의 그녀는 모르는 일이지만.

화운룡은 고개를 갸웃거렸다.

"그런데 붉은 사마귀가 있는 부위가 앞쪽인지 뒤쪽인지 잘 기억이 나지 않는구먼."

"그, 그만!"

벽상은 날카롭게 외쳤다.

장하문은 벽상을 거둔 지 오 년이 되지만 아직까지 그녀가 바르르 화를 낸다거나 놀라는 모습을 한 번도 본 적이 없었다. 그 정도로 그녀는 내심을 겉으로 전혀 드러내지 않는 무심한 성격이다.

그런 그녀가 오늘 이미 여러 차례 놀라고 있으며 당황해서 어쩔 줄 모르고 있었다.

저녁 식사 시간에 화운룡은 장하문과 벽상을 데리고 해남비룡문의 본채인 운영각으로 갔다.

원래 식사 시간에는 화운룡을 제외하고 모든 가족이 운영각에서 모여서 식사를 한다.

화명승과 매형들을 비롯한 가족들은 화운룡과 같이 들어오는 장하문을 보고 크게 놀라서 모두 앞다투어 우르르 자리에서 일어났다.

안휘성의 패자인 태극신궁의 책사 신기서생 장하문이라는 존재는 태주현처럼 작은 지역에서는 마치 신과도 같다.

태주현의 어느 누구라도 장하문보다 뛰어난 인물은 없을 것이다. 그것이 어떤 방면이라도 말이다.

그런 장하문이 열흘 전에 이어서 오늘 또다시 해남비룡문에 왕림한 것이다.

화명승 이하 가족들이 모두 일어나서 그에게 최대한 공경한 자세를 취했다.

화명승이 장하문에게서 시선을 떼지 못하며 화운룡에게 더

듣거리며 말했다.

"용아, 신기서생을 어서 상석으로 모셔라."

화운룡이 담담하게 미소 지으며 화명승에게 말했다.

"아버지, 이 두 사람은 오늘부터 본 문에서 지내려고 하는데 허락해 주십시오."

화명승은 아들의 말을 이해하지 못했다.

"그… 게 무슨 말이냐?"

장하문과 벽상을 가리키는 화운룡의 입에서 청천벽력 같은 말이 흘러나왔다.

"이 두 사람은 제 수하가 됐습니다."

『와룡봉추』 2권에 계속…